[美]刘　轩　著

幸福是一种智慧

日常生活心理平衡术

XINGFU
SHI YI ZHONG ZHIHUI

RICHANG SHENGHUO
XINLI PINGHENG SHU

接力出版社
Publishing House

第二章

自我的平衡：不完美也很美

第三章

情感的平衡：爱的能力

第五章 职场中的平衡：追逐中的角逐和扶持 / 195

第一章

人生的平衡：

让你不适的，恰让你进步

只盯眼前的人，是怎么失去未来的

我有一个朋友做了一个不小的手术——髋关节置换手术，这个手术通常是髋关节已经磨损到不得不用塑钢的人造髋关节来置换才做的，医生必须要把大腿锯开，把髋关节抽掉，包括里面的韧带、所有的神经等，再换上新的，这是一个非常复杂的手术。这个朋友才五十几岁，就必须要做这个手术了。他年轻的时候受了不少伤。

他以前经常骑重型摩托车，现在还是很爱骑，也因为爱骑重型摩托车摔了不少次。有一次，他跟我分享经验："你骑的时候一定要看着前方，差不多100米左右，而且你速度越快，就要看得越远，不然你一定会摔车。"

我想我可以理解他的意思。当一辆时速可能在100公里以上的重型摩托车转弯的时候，如果你没有看着很远的前方，一旦有什么东西出现在你面前的话，你可能根本来第二天起来脑袋还糊里糊涂的时候，如果你坐在电脑前面，一看便利贴贴在屏幕上，就按照事先设定的三件事情来做，起码能让你在理性的状态中先设计出一个“主动出击”的方案。这不至于使你在打开电脑后，在噼里啪啦进来的一大堆的新闻消息——朋友找你，老板喊你……的轰炸下，立刻进入一种“被动应付”的状态。

当然了，在实际做的过程中，我也经常会碰到这样的状况。一天当中，你一定会被许多事情打扰，说不定做到第二件事的时候，就有一通电话进来，或是有一个朋友来访，或是你的小孩叫你，这样一来，你一定会分心。即便没有那些立刻让人分心的事情，我们往往也会找一些事来让自己分心：打开了一个网页，突然看到一个消息，一下子半个小时过去了，自己已经不晓得逛到哪儿去了。

碰到这样的分心状况该怎么办？

我们的生活步调越来越快的时候，就像骑在一个人生重型摩托车上，就需要看得越远，先预测所谓的转弯，给自己设定好一个执行的计划。

找到你生命中的天职

相信不少在职业方向上迷茫的年轻朋友，都听过这样一句让人心潮澎湃的话：Follow your passion（跟随自己的热情）！这句话的确让人心驰神往，热血沸腾——能够追寻自己热爱的事，每天干劲满满地醒来，这是一件多么美好的事！

然而，这句话实在是不太负责任。我不是全面反对这句话，而是这简简单单的一句话省略了太多过程，已经误导了许多人。比方说，你的热情可能是一时的。

也许你就遇到过这样的朋友：今年他说想考瑜伽教师资格证，但一年后再遇到他，却听说他已经放弃了瑜伽教师的目标，正准备考厨师证，因为他觉得自己热爱的原来不是瑜伽，而是做菜。

其实，我们人生经历不多的时候，就很容易将一时的喜欢误以为是“真正的热情”。另一个容易让人忽略的盲点是：你可能没有发展那项热情的天分。

每一年，有多少人怀着歌手梦想投入各大歌唱比赛，乐团组了又散，散了又组。然而倘若仔细回想，在你奋斗的几年内，都没有人真心称赞过你的歌声或音乐，这极可能意味着音乐不是你擅长的领域。而在反复挫折下，也许有一天，你对歌唱的热诚会逐渐被消磨殆尽。

然而，追求热爱的事物错了吗？难道我们应该放弃热爱的事物，麻木过一生吗？并不是！有热情，你才会更愿意花时间，花更多心力克服眼前的困难；有热情，你才能在每天早上迫不及待跳下床，满心期待地展开新的一天。

只不过，只是凭借热情来判断是否要投身某个领域会产生很大的盲点，甚至会让你错过沿路的各种机会。假设有一天，公司突然需要人翻译一些英文文件，你和同事都兴趣寥寥，但最后由于种种原因，翻译工作落到了你的头上。

你本来以为自己对翻译完全没兴趣，但你发现在翻译的过程中，自己翻译速度快且语意精准，老板也因此对你赞誉有加，越来越信任你。渐渐地，有了成就感，你竟然开始期待可以做更多翻译工作了！

由此可知，热情也是可以培养的，相较之下，同事就错失了一个探索自己可能性的机会。因此，比起热情，我们更需要的是辨识出我们真正的天职（calling）。

StoryCorps 创办人、2015 年 TED 大奖得主戴夫·伊塞的公司 StoryCorps 网站搜集了上万则个人口述故事。他从这巨大的故事数据库中，分析了那些发现自己天职的故事，并提炼出“一个人生命的天职需要满足三个要素”：

一、你擅长的事；
二、让你觉得被重视，被感谢；
三、相信你在做的事能帮助别人。

这个结论正是一个能协助你辨认出自己人生使命的迷途指南！

首先，你擅长的事，也就是你的能力所在。你擅长某项技能并灵活运用你的能力完成任务后，才能享受随之而来的成就感，并逐渐产生热情。如此一来，你内心的火炉才能被点燃。

其次，感到自己受到重视。这是让你能持续在自己的天职上努力不懈的重要反馈，也是让你内心的火炉持续运转的燃料。

最后，这件事要能让你相信自己在做的事情是有助于他人的。这并不是指你非得成为拯救生命的外科医生，或者帮助弱势群体的非营利组织成员。试想，一个让客人感受到温暖、备受关怀的服务生，不也可以让这个世界更美好吗？

你可能会很惊讶：就这样？就是这么简单的三个条件？是的，真的就是如此。我的一位年轻朋友，大学主修新闻，毕业后的第一份工作是在平面新闻公司当记者。当时的主编特别爱挑他稿件的毛病，嫌他标题起得不够夺人眼球、文章内容不够刺激……稿子删来改去，最后刊登出来的都是四不像。就这样做了半年，他开始质疑自己是不是根本不适合记者工作。

有一天，我找了家咖啡馆坐下来帮他好好整理、分析他的职业生涯。谈话中，他逐渐理清了思路：他非常喜爱人物访谈，也享受写稿时文思泉涌的片刻，可是他的文章内容总是专注于血腥、暴力的新闻，他说：“我觉得我的文字只是让更多的人对这个社会恐惧和绝望……”

最后，他决定不放弃记者这条路，只是到了另外一家专做专题报道的新媒体。在那里，他的深度采访能力备受肯定，也时常有读者对他的文章给予正面回馈，说他写的人物专题能够激励人们更勇敢地面对自己的困难。这份工作干了两年后，他也终于能自信地说出，记者这条路是他的天职。

“天职不仅仅是一个你找到的‘目标’”，戴夫·伊塞也提醒所有走在探索之路上的人们，“它常常是我们做了些困难的决定，甚至牺牲了一些东西后才能慢慢收获的成果。它是一个探索和挣扎的过程，但绝对值得。”

如果你感觉自己做了很多努力，拐了好几个弯，却还没找到自己热衷并且可以持续的事，先别沮丧！这都是探索自己天职历程的一部分。

但千万别忘记，这些挣扎是值得而且必要的。在你寻求天职的英雄之旅中，不妨看看戴夫·伊塞归纳出来的三个条件，也许这会成为助你走出人生迷雾的指南！

满意的人生什么样？

假设有三个人，第一个人年薪 4 万美元，第二个人年薪 12 万美元，第三个人年薪 20 万美元。他们都未婚，都一样 33 岁，你猜猜看，谁比较满足？

看到这样的问题，聪明的你一定会说：哈，满足感，这是个主观的问题，那要看每个人的个性差异！这个问题本身就有问题！

我承认，满足感是相当主观的，但是，2018 年盖洛普组织在全球做了一个生活满意度调查，统计了全球 170 万份的回复之后发现，年收入与生活满足感呈现正比关联。换句话说，赚得越多，也就越满足。不过，一旦年收入超过了所谓的“满足线”（satiation point），这个正比关联就变得微不足道了。甚至，在某些情况下，人赚得越多，反而会越不满足。

这个满足线，在不同的国家和地理区域也有差异。澳大利亚和新西兰的满足线全球最高：12.5 万美元。拉丁美洲和加勒比海岛国的满足线最低：3.5 万美元。而在东亚地区，满足线在 11 万美元。如此推论，我们一开始的那个问题，可以这么猜：

年薪 20 万美元的那位朋友第一名，但年薪 12 万美元的朋友跟他几乎打成平手。而年薪 4 万美元的那个人，只要不是住在拉丁美洲或加勒比海岛国的话，那八成会是远在后面的第三名。

既然满足线是个平均值，那你的“个人满足线”在哪里呢？

我们一般人大概不会问自己这样的问题，因为如果有机会可以赚更多钱，何乐而不为呢？说不定我们的收入已经远远超过了平均值，但可能我们自己也不知道，因此即使自己已经悄悄超过了那个线，我们也意识不到自己赚得更多了，但并没有更满足。或许我们越来越满足，但同时，也因为我们赚得更多而有了更多烦恼，例如亲友跑来借钱、税务局上门拜访、生活开销更大、要管理的事情更多等，这些反而抵消了原来应该有的快乐。这也就是嘻哈曲子里面唱的“More money，More problems（钱多，事多）”。

现在的“00后”以及之后的年轻人，与上一代心态最大的不同就是，他们普遍认为“设计美好的生活”比“赚更多钱”更重要。他们对精神层面，如独特的美好体验，这类非物质的要求，平均来说，比之前的几代人都更高。他们不只是要过日子，还主动追求美好人生。

这很不错！但是，千金难买的问题是：何谓“美好人生”呢？去法国学制作甜点？去黄金海岸冲浪？回家乡看亲友？这是否美好，要看个人的心情，看每个人觉得什么最重要，也得看每个人在现实生活中离各自的那条“满足线”还有多远。

如果你觉得这一切都太主观，我也这么觉得！但是用一条“收入线”来衡量自己是否有资格感到满足，未免太缺乏人性了！我们都想更了解自己，但是如果没有一个准则，我们要用什么方法来衡量自己的人生呢？

荷兰有一位社会学者鲁特·温霍芬（Ruut Veenhoven），在研究美好人生这个题目的时候，提出了一个很有意思的分法。这个分法有两条轴线，一条轴线分的是“外在 vs 内在”，另一条轴线分的是“机会 vs 结果”。两条线交叉之下，就形成了四宫格，分别是“外在机会、内在机会、外在结果、内在结果”。

"外在结果"就是你的成就、财富，你在社会中已经有的声望。

"外在机会"则是你居住地的环境条件，包括社会和经济发展水平、就业机会、你在公司里的升迁机会等。

"内在机会"是你的身心健康、对未来的展望、对生活的期待。

"内在结果"则是你觉得自己已经达成的身心状态。

这个分法，照顾到了一个很重要但往往会被忽视的人性特点：我们在当下的快乐和满足感，也必须考虑到我们对未来的希望。如果我今天过得很好，但我认为大环境没希望了，那我可能会变得很保守、悲观，甚至无法享受当下的美好。反之，如果我今天收入很低，但是我觉得工作充满了机会，而且我内心也对自己的成长充满期待，那光是这个认知，就可能给我许多动力，让我更愿意忍受压力。

你可以试试看，用这个四宫格，给自己和你的环境打

不怕失败，只怕太成功

高以翔走了。看到消息的时候，我顿时觉得自己像误闯了一个平行宇宙。我不是前一天才见到他的吗?!那是一场跨行业的社交聚会，我们寒暄了一会儿，最后给彼此一个兄弟式的握手，我心想他比之前更瘦了，最后还跟他说："下次不要隔太久再见啊！"

那句话仿佛还在耳朵里，让我实在难以相信他就这么离开这个世界了。

从新闻得知，他在宁波录节目，事情发生的时候已经是深夜，户外气温九摄氏度，他本来就感冒，又连续工作了十七个小时。当他体力不支，倒在花圃里的时候，还一度被认为是节目效果。

网上许多人痛批制作单位：那么长的工作时间，又那么费体力的节目，现场还没有紧急医护人员，这难道不是草菅人命?

我实在很感慨，因为其实在亚洲的剧组里工作过的人都知道，一天超过十五小时的工作时间相当寻常。

以前在制作公司拍广告时，只要一开工，就是“从鸡叫拍到鬼叫，连续几天唉唉叫”。没有人觉得这种工作强度合理，但剧组就是带大家一起拼，精神恍惚了还能冲，算是一种荣耀。当时我就发现自己睡眠不足，心跳会变得很快很弱。资深摄影师还跟我说，吃槟榔就会舒服一点儿。

杀青后，把器材搬回公司，这时候如果制片人说要请吃消夜，几乎没有人敢提前告退。一堆已经累得语无伦次的人，喝几杯酒后更是东倒西歪，但感觉关系也因此更亲密了一些。这种经验会激发男人之间的情谊，让你知道有天假如在外面出事了，剧组的伙伴们会为你撑腰。

但这种“兄弟法则”（bro code）是什么时候开始的?这种不成文的行业文化，是谁定的?反正大家觉得这种磨炼就是必经的过程；而且我们还总是会听前辈们说他们那一代多辛苦，那时候的机器多重，导演多凶之类的话，而这个产业就是有源源不绝的新鲜血液进入，每个菜鸟入行的时候也都有心理准备。对他们宽松一点儿，反而觉得对不起他们，也对不起自己曾经受过的折磨。我们认为拼体力，拼干劲，就跟拼酒一样，当一个人被逼到极限时，才能看到真正的人格和气魄。

像高以翔这样敬业的演员，在幕后的工作群中也必定享有美名。大家不会只把他当张脸，而是会把他当自己人。这也容易让他越走越顺，越走越红。而且他为人谦虚，没有架子，即便工作忙碌，也还是会对朋友们有求必应。他平常看起来体力太好，太自在了，没有人看出他或许已经到了极限。

朋友们感叹：他那么年轻！才35岁！但我不禁惋惜：他都35岁了，还那么拼！

我觉得人生中需要一些自我挑战，尤其在年少时期，能够不断突破自己的舒适圈是好事。但随着年纪的增长，我们也必须学会慢下来，尤其当一个行业文化还要你不断冲的时候，我们也需要懂得拒绝别人的要求。

有个创业的朋友，最近在其自媒体上写了一句“不怕失败，只怕太成功”。我很能领会他的意思。失败会让我们停下来，迫使我们检讨、重组，但太成功的时候，人们很可能担心错失机会，希望做得面面俱到，而这会透支自己的资源。越是有责任心、越是讲义气、越是重视团队精神的人，反而越容易在这种情况下错估自己的体力极限。

总之，人只有一条命，身心健康应该是我们优先考虑的。如果你觉得自己有身心耗竭的症状，就一定要找时间休息，降低工作强度，增加运动和睡眠时间，让自己的身心得到恢复。我们也应该视自我节制为一种美德，让它能取代那些作战式、拼命冲刺的行业文化。

不要因为太敬业，不能因为要为团队负责而把不合理的行业文化视为常态，从而把自己逼到极限。我的朋友回不来了，但我起码还可以提醒别人，和现在的自己。

人生的五个关键问题

彼得·杜拉克 (Peter Drucker) 是 20 世纪最有影响力的企业管理学者。虽然他在 2005 年去世，但他之前所写的书丝毫没有受到科技飞速发展的影响而显得过时。我甚至认为，在职场和人生规划方面，还更有意义，因为他的理论，能够帮助我们在混乱和过多的选择之中，整理出更清楚的方向。

我最近读了他的一本经典著作，英文书名就直接说明了这本书的内容：*The Five Most Important Questions You Will Ever Ask About Your Organization*（《有关你的组织你要回答的最重要的五个问题》）。

我觉得这五个问题的确很关键，所以在这里跟各位分享。即便你现在不是公司的管理人，把每一个问题中“我们的组织”改成“我自己”也一样有意义。

第一个问题，是关于“组织的使命”（What is our mission），这个问题等于是在问：“我们的组织为什么要存在？”

这可不只是“为了要赚钱”这么简单！一个公司会赚钱，就像是一个人会赚钱一样，因为他提供了一个有价值的东西，无论是产品还是服务。你也可以这么问：“我们要为社会解决什么样的问题？”这必须是一个能够反映出创始人和整个组织的初衷和愿景的一句话，而且最好是一句话。杜拉克说，这句话应该要精准到能够印在一件T恤上。

你看，光是这第一个问题，可能就考倒许多公司老板了。这确实需要很多的讨论，甚至辩论，才能够精准回答。但只有这么做，整个组织，所有一起工作的人，才能够知道什么是重要的，包括该如何筛选机会、处理危机，如何做各种大大小小的决定。

举个例子：有个医院的急诊室，原本的使命是“为医院做紧急处理”。但实际观察之下，发现许多时候，急诊室里除了病人，也有很多焦急的家属。于是杜拉克当顾问的时候，就建议将这个急诊室的使命改为“让受苦的人能够安心”。有了这个新的使命，所有医生、护士、工作人员的态度都必须调整，因为这时候他们发现，除了病人以外，如何让家属安心也变得相当重要，这些家属心里也正在受苦啊！一个使命的微调，可以改变整个组织的运作方向。而这个急诊室，后来得到了相当高的评价，整体的工作效率也提升了。

第二个关键问题是：我们的客人，我们所服务的对象，究竟是谁？不要说“所有的人”！当你想要讨好所有人的时候，八成没有人会被讨好。你必须精准定义出你的客人是谁，并且了解他们要的是什么。

这也就引出了第三个问题：“我们的客人最在意的是什么？”举例来说，如果你开一家餐厅，你的客户群有很多爱拍照的“网红”，你就不只是要把菜做得好吃，还必须特别注意装潢，也要注意摆盘。当然，你也不能假设你的客人“一定”会喜欢或不喜欢什么。最直接的方法，就是直接问他们。你必须认真、诚恳地询问你的客户群的意见，真正了解他们要的是什么。

第四个关键问题，是：“我们要什么样的结果？”

我们都习惯定出数字目标，例如销售量、回购率等，但我们也不要忘了，很多时候，我们要的结果，未必能够用数字定出来。例如，我是一个讲师，我要追求的结果是“深刻影响一个学生的思维”，那我就需要经常问学生，通过观察或交谈，了解我是否正在达成我要的结果。

你要什么样的结果？你怎么知道你正在达成这个结果？这都是必须去思考，去定义的。

最后一个关键问题就是，有关“计划”。

计划，就是把你的使命和目标化为能够执行的阶段性行动。这样一层一层架构起来，就成为我们每天的“工作”了。

你需要有计划，你也需要设定审核这些计划是否有效的方式，并且每隔一段时间，能够检视这些计划。这有另外一个好处：你在检视的过程中，也可以看这些计划是否正在创造其他的机会，是否能够帮助你更快达到你的长期目标。举例来说，一个美术馆在举办一个漫画艺术家的展览的时候，发现吸引来了特别多的年轻人。这时候他们发现，这也是一个机会，能够与这些年轻人建立长期的关系，因为这个美术馆有一个更大、更长远的目标，就是让艺术能够成为一个人终身的朋友。这没有在原本的计划当中，但能够意识到它的重要性，让美术馆能够推出一个针对年轻人的会员机制，这就需要整个组织从上到下，都清楚了解什么是重要的。

现在你知道了这五个关键问题，就可以开始应用在自己的工作上。我认为，对于个人的人生规划，这五个问题也是一样的重要。如果你能够找到你的人生使命感，知道你要服务的是谁（无论在工作上，还是生活上），了解他们最在意的是什么，知道自己要什么样的结果，并且有个行动计划，我相信你一定能够更有效率，思绪更清楚，做事更到位，并且更清楚什么该做，什么不该做，什么需要做，以及什么可以不做。

你有鸵鸟心态吗

假设你要给自己拟订一个自我进步的计划，例如减肥、培养运动的习惯，你可能会告诉自己："好，这次一定要完成计划！"接下来的一段日子，你虽然知道自己每天都需要执行一些进度，但没有确切地执行，直到有一天，你突然发现，奇怪，自己怎么一点儿都没进步？

这种状况，是否也曾经发生在你身上？

无论做什么计划，只要是一个需要长期累积的计划，都需要有计划地推进自己的进度，这也是朝成功迈进的重要途径。在工作上，我们也都知道：应该要定下 KPI（关键绩效指标，Key Performance Indicator 的缩写）。很多人定是定了，经常去比对，去分析，也是每个人都能做到的。但有些人会特意回避这么做，给自己找各种借口不做进度检视或延迟检讨，为什么呢？

让你不适的，恰让你进步

提到学习这个题目，很多人认为学习应该是快乐的，我自己也相信我们也是可以在快乐之中学习的。不过，近年来，我也隐约有一种感觉：快乐这个词放在学习这个行为之下，在不同对象的脑袋里面有不同的意象。

拿学琴者为例，有些父母觉得自己小时候想学琴都学不起，现在事业有成，有了经济条件，有了孩子了，可以让他好好学琴了，所以每当看到孩子弹琴的时候他们很快乐，这个学习的快乐是谁的快乐呢？一个老师看到学生很用功，完全没有辜负他的期望，学生代表学校、代表自己的班出去比赛，然后得到金牌，带着荣耀回来。看到自己一手栽培出来的学生，他很开心，很满足，他希望他的学生永远能够如此快乐地学习。这个快乐是属于谁的？作为学生，他们更希望老师少留一点儿功课，让他们可以多做一些自己喜欢做的事情，希望考题不要这么刁钻，可以让他们轻松拿到满分。老师开心，父母开心，自己也开心，这种快乐的学习是谁的呢？

我觉得学习是可以快乐的，但是八成不会是舒服的。

我有一个朋友很了不起，一位单亲父亲，自己一个人养两个孩子，而且他工作也挺忙的，很辛苦。但他几年前爱上了跑步，后来完全成为一个跑步达人。昨天他完成了他人生中第一个100公里比赛，而且还是跑山路。我看到这类人就觉得他们是狂人。他们有这样的毅力，能克服这么多困难，然后到达终点，实在令人万分佩服。

我问他："你为什么这么做，跑马拉松会让你快乐吗？"他回复我说："跑步会让我快乐，但不舒服。"参加100公里比赛的时候，我相信可能其中的95公里他都是不舒服的，他的身体会疼痛，尤其是到了后面。我不相信有哪一个人能够跑过五六十公里，身体不跟他作对的。腿部肌肉的每一个细胞都会跟你说：停下来，这个太难受了。但是为了完成这件事情，你会继续跑，你会快乐，真的是快乐。

所以，当他告诉我他很快乐的时候，我一点儿都不怀疑他，那这又是一种怎样的快乐呢？

当我自己跑步的时候，我有些时候会跟自己说：平常到了 5 公里的时候我右腿的后大臀肌就开始酸痛了，没想到今天到了 5 公里的时候只有一点点酸，好开心啊！我进步了。虽然我非常不舒服，但是我很快乐，因为我知道我的进步，你说这奇不奇怪？我觉得学习就是这样，学任何东西，你要学得好，练起来，就可以快乐，但是八成不舒服。不过，我们的大脑可以把这些不舒服的讯号重新解读，反而能把它变成一种快乐的来源。

我教女儿弹钢琴也是这样。她用“接火车”的方式练习的时候，好不容易练好一段，又好不容易练好另外一段，当要把两段接起来的时候，却怎么都接不上，而且两段各自都退步了。这时候，她非常懊恼，会掉眼泪，有些时候还会跺脚，四处乱踢。我知道她很不开心，但这是她对于自己的一种感觉，我就跟她说：“千千，你知道你为什么会这样吗？很奇怪，对不对？好不容易练好了，为什么又会变生疏呢？因为我们的大脑在学习事情的时候，这些脑细胞也在练习怎么连接起来可以弹正确。在练的时候，它们有些时候还是会出错，那么我们就通过这个练习让它们的连接变得更强。”

是的，我真的会对我 7 岁的女儿用脑神经科学的理论讲解，因为我觉得这是一个蛮好的概念，她应该听得懂。过了两天，她早上一觉醒过来，又弹了一次那个曲子，结果她竟然从头到尾一音不漏地把它给弹出来了，且几乎完美。我跟她都非常惊讶，我给她一个 high five（击掌）。看到她很得意很开心的表情，我说："你看你一觉醒过来，不但没有退步，反而进步了，你有没有觉得很神奇？"她说："是呀。"

其实，这是有科学根据的，因为当我们睡觉的时候，大脑会整理我们一天所接收的讯息，会优化一些原本建立的连接，修剪一些已经不需要的连接，所以一觉醒来，我们往往会发现我们前一天学的东西不但还在脑袋里面，而且还变得更清楚了。于是我也就鼓励她说："接下来这首曲子还会有更难的地方，你在接火车的时候也还会卡住，会出错，你会觉得不开心，也很不舒服，但你要知道，这个时候正是你的脑细胞做连接的时候，此时你能做的是多练几次，然后睡一觉，起来神清气爽，一切又更清楚了。你看到自己在进步，学到了新的东西，这不是一件很快乐的事情吗？"

所以，我认为学习可以是快乐的，但它八成不会是舒服的，希望我们都可以不断地学习，在这个过程中，你也会因为自己变得更好而更快乐。

我们知道，现在有的机器人弹琴弹得甚至比我们一般人都好，那我们还有必要学琴吗？我认为学琴的目的，并不是我们非要弹一手好琴这个结果，而是我们在学习的过程中因自己的不断进步而获得的满足感。快乐感才是很多人学习的动力，演员和观众所获得的乐趣是完全不同的，快乐地学习，这个快乐也是属于我们每个人的。

人生就像观看一场演出

在文章的开头，先让我为你说一则故事：

一个举世闻名的魔术剧团来到一个乡下的小镇上巡回表演。因为剧团表演需要的人力实在太多了，于是他们在当地广泛招募临时工。临时工除了可以领到酬劳，还能得到几种特殊待遇：做满三个小时工作就送一张外场的票；做满六个小时就可以进到场内看表演；若是做满一整天，就可以得到最前排最中间的票，也就是整个剧场中最好的位置的票。

镇上的人难得看到这么新鲜的表演，再加上当临时工不仅可以赚到工钱，还能看到免费的世界级表演，这也让许多人对临时工的工作跃跃欲试。其中，一对家境贫穷的小兄弟决定一起工作一整天，换一张最前排的票，于是，他们就开始了辛苦的前期工作。

这一天，他们帮忙架灯光、挂布幕、抬音响，搬这个搬那个，甚至帮忙打扫、跑腿儿，一刻都不停地干活，也没时间吃东西。到下午的时候，兄弟俩已经十分疲惫，但是看表演的信念支撑着他们，他们希望得到最前排最中间的位置的票。

到了晚上，兄弟俩终于在艰辛的劳动后达成目标，如愿拿到了入场观赏演出的门票。进场后，他们筋疲力尽地坐在第一排最中间最好的位置，不过，此时他们已经满身尘土，手掌上满是搬重物留下的水疱。

终于，主持人出场，表演即将开始，全场欢声雷动，而这两兄弟，却渐渐在观众的掌声中，沉沉睡去……直到表演结束，观众都散去了，剧场也关闭了，他们还在位子上沉睡着……

这个故事，是不是挺让人心酸的呢？两兄弟忙碌了一整天，就是为了享受一次难得的表演，可是，在完成任务之后，他们却因为太过疲惫而错过了这场精彩演出。

想想，这不就是许多人的人生写照吗？

有许多人，包括我们自己，是不是也常因为太过希望达成某个目标，拼命工作，拼命追求，庸庸碌碌了好多年，最后，在应该享福的时候，才发现自己的身体出状况了？

或是老了走不动了？

这个世界很精彩，就像世界级魔术剧团的演出一样，我们每个人，都渴望能坐在最前排最中间的位置观赏这场演出。其实，不只是因为这场表演够精彩，不容错过，我们也不断在鞭策自己：一定要尽最大的努力，拿到“最好”的那张门票，一定要争取坐在第一排最好的位置观看这场演出。为了达成目标，我们拼命干活儿，不知道休息，想着自己年轻力壮，苦这一时不算什么，直到身体不堪负荷、疲累不已的时候，终于，我们拿到了那张梦幻的门票。

可是，人生走到这一刻，却发现自己已经心有余而力不足了。也许是老了，也许是因为长期忽视身体的警讯，所以得了不治之症，也或许是单纯没有力气去享受了……

这是多么令人惋惜的一件事，虽然努力拿到了入场券，又拼命取得了最好的位置，可是，我们却再没有精力和心思去欣赏这场演出了！

现在，许多年轻人为了买房、买车，或是为了在大城市稳定下来，付出了好多心力。曾经看过一些报道，这些人的经历令我心疼，他们为了工作总是加班到半夜十一二点，从没时间好好吃饭，好好睡觉，甚至为了省钱住在公园里……我们都应该督促自己努力追求想要的目标，但是，我们也必须知道：

人生的目标，并非只是为了坐在一个多好的位置而拼命，而是尽了心后，还可以尽情地欣赏每一场精彩演出。坐在哪个位置，其实一点儿也不重要，重要的是你欣赏到了。

每个人都在为自己的目标努力着，如果有一天，你感觉累了，不堪重负了，请暂时停下来吧！无论是想休息，还是想重新衡量自己的人生定位，都是很健康的过程。追求目标很好，但关怀自己，给未来一个健康、快乐的自己也很重要。

记住，我们之所以来到这个世界，是为了看一场人生精彩的演出，而不是为了坐在一个最好的位置上沉沉睡去。祝福所有正在人生路上打拼的人。

越厉害的人，越懂得低调

有句话叫无知者无畏，有没有道理呢？有！越是什么都不懂的人，往往越是自信，越是自我感觉良好，看不清自己或者不愿承认自己没那么强。

这种现象有个专有名词叫“达克效应”（The Dunning-Kruger Effect）。它以研究这个现象的两位学者大卫·邓宁（David Dunning）与贾斯汀·克鲁格（Justin Kruger）的名字命名。达克效应说：人们往往会高估自己的能力，认为自己是高于平均水平的。而能力越差的人，越容易对自己产生过高的评价。

比如我们在社交媒体上，常常看到有些人在评论区指点江山，纵横捭阖，仿佛天底下只有他最知道某件事是怎么回事，该怎么处理。还有一些人明明自己的生活过得一塌糊涂，却习惯去指点指导别人该如何生活。这些现象都可以称为“达克效应”。

相反，一些真正的商业大佬，或者学富五车的专业学者，见多识广，本应该是最自信的人群，但因为见过了广阔天地而自知不足，反而对万事万物持有谦卑敬畏之心。

那这种达克效应的心态，是怎么来的呢？

第一个原因，来自好强心。

人们在自我评价的时候，会有一种想要表现得比别人更好或起码是“中上水平”的好强心，这很正常。

不过有一些人的好强心和竞争心特别强烈，他们时刻在关注自己是不是赢了别人、比别人要好。他们的好强心使他们在评估自己的能力时会自动多加几分，不仅仅是为了对外吹牛，也是为了保护自己的自尊心。

第二个原因，在于“自我觉察”与“环境觉察”的能力不足。

举例来说，如果你只是一个领域内的初学者，对所学知识一窍不通，或只是略知一二，当碰到问题的时候，你可能根本就不知道问题出在哪一点上、如何修正，甚至根本不知道那是个问题。这就是“自我觉察”的能力不足。

另外一方面，作为门外汉，很多事你会觉得好像很容易做到，看起来不难，殊不知别人做起来很轻松的动作，背后经过了一次又一次的练习，你并不知道别人厉害在哪里。这就是“环境觉察”的能力不足。

不要以为达克效应只存在于“无知者”，它在很多方面都影响着我们。

比如你开始学一项东西时，因为入门部分容易，你的自信心会迅速攀升，觉得“这也没什么难的呀”；而慢慢学到更多时，你会和更多人进行比较，也会遇到更多困难，此时你的自信心就会开始下降，你可能会低估自己的能力；只有当你慢慢精通这项技能了，你对自我的认知才会渐渐得到矫正，这时候你对自我的评估，才相对来说比较准确。那么，如何克服“达克效应”带来的负面影响呢？

第一点，你需要“真实的回馈”。

找一个你所信赖的人，或是你想提升的领域的教师，定期向他请教，让他给你真实的反馈。可以的话，尽量让这些反馈具体一些，不要是单纯的好与不好的评价，要落实到具体的点上。越具体，对你来说越有帮助。

然后，你必须要强迫自己把这些刺耳的反馈听进去。你要告诉自己，唯有准确地知道自己的状态，你才有进步的方向。

第二点，也是最重要的：你需要持续地学习。

多接触这个领域的专业知识和理论，多和这个领域成绩突出的人互动，持续提问，持续思考自己哪里不足。当你越了解、越精通一件事情，你就能越准确地评估自己的能力。

记住苏格拉底那句名言：我只知道一件事，那就是我一无所知。你愿意面对自己的无知，才能扩大学习的眼界，虚心接受别人的指教，并时刻提醒自己：在学习过程中，认真地进步，比排名更重要。

人生没有说明书

我自己买到的第一部智能型手机，是一部 iPhone 3（苹果手机第三代）。记得那时拿到手后，开始小心翼翼地用刀片划开包装的封膜，取出来那块看似来自未来的玻璃金属混合物，捧在手里欣赏它简约的美，欣赏它细致的工业设计……但令我印象最深刻，也最震撼的一刻，是当我发现盒子里竟然没有一本说明书的时候。你知道那对“电子极客”的我来说，是多么能引发焦虑的一件事吗？

我承认，我很自虐，我其实是喜欢打开盒子，把新的相机、PDA（掌上电脑）什么的拿出来，把零件都整齐排好在桌上，然后很有仪式感地打开随机必备的那本印得密密麻麻、通常还有好几种语言的《使用手册》，从第一页“欢迎您购买了 ×××……”开始细读，按照图示研究机器的每一个功能。这种乖乖研究的开箱仪式给我一种“安全感”，让我觉得自己真正摸熟了一个机器。

但那个该死的 iPhone 盒子里面，竟然没有说明书，只有几张苹果贴纸，谁需要啊？！当时，我只能按下按钮，看着它亮起来时，我觉得好像要跟一个陌生人进行一场完全不知所云的对谈。

过了没多久，我也开始从 Windows 转到 Mac 平台来制作音乐。有一套苹果专用的录音编曲软件叫 Logic Audio（逻辑音频）。我还记得当时购买的是专业版，盒子有四块砖头拼起来那么大，也重到可以砸死人，里面光是说明书就有好几册:《开机说明》《用户使用手册》《插件效果说明》《工具使用说明》等，最厚的一本超过一千页。我根本无法消化那么多信息！不过它们在那儿，让这个盒子很有分量。我把它们供在录音室的架子上，也感觉自己很专业。

但就在短短的两年内，当再购买升级版本的时候，我傻眼了——寄来的只有几张光盘和一本小册子而已！我突然觉得自己买到了一个缩水的产品，顿时觉得价值感打了折，而且价钱也没便宜多少！

安装后，我发现新的软件内建了一种叫“情境式协助”（contextual help）的功能，对话框角落总是有个小问号。当你不知如何使用的时候，只要按那个小问号，就会展示出该功能的详细信息，如此省了不少“翻圣经”的时间，而且光是看一个很简单的入门介绍，就可以开始使用了。

后来我逐渐发现，自己竟然开始做更多音乐了！因为我没有花时间来读文字，而是直接从编曲学习，碰到问题的时候，再去看解说，这可能错过了一些细节，但整体来说顺多了，也有效率多了。但尽管如此，那种昔日的“不安”还是伴随了我好一段时间，我一直觉得自己没把软件摸透！好像刚搬到了一个城市，但只走了大街，还没探索小巷弄，有一种不踏实的感觉。

现在，除了有“情境式协助”，网上还有各种教学影片可供我们看。光是看 YouTube① 解说，我就学会了拍片、剪辑、后期制作的各种技巧。每当碰到问题，上网一搜，一定能在五分钟之内找到答案，且时常还能学会几个快捷方式。这种“及时”（just in time）的信息不仅唾手可得，而且学会了也比较不容易忘记。

逐渐地，我才克服了心理障碍，突破了思维中的围墙。我发现过去我有一种信息焦虑，觉得我要“学够了”才能开始实际操作，不然会觉得自己不够认真。我会去寻找很多“系统化”的信息，找来许多参考数据，花时间整理、

① 一个国外视频网站。

存盘……从做音乐到做学问都是如此。我搜集了许多“值得参考”以备后用（just in case）的信息，但后来发现它们往往派不上用场。有时候还因为脑袋里的信息太多，反而无法在杂音中快速找出真正的讯号。

放眼看去，书架上满满都是书，令人惭愧的是，有一大部分是当时买了，只因为觉得某天用得到，但实际上只翻了几页而已。日本有个专有词“积ん読”[①]来形容这种囤积书的行为，显然不只是我有这种毛病。许许多多 just in case 的累积，是为了什么？我必须承认，它们堆在那里是为了给我安全感，但这种安全感，最终也因为我没有彻底实践而成了一次次的失望。到最后，安全感反而转成另一种焦虑。

所以现在，我的注意力开始从囤积式搜集的“just in case”信息，转为边做边学、随时更新的“just in time”信息。毕竟人生是没有说明书的，不需要研究透了才开始生活，是吧？未来更是如此：需要什么的时候，就找；需要学什么的时候，就学。学得不够不再是借口，动手做，就对了！

① 译为买了书囤着不看。

第二章

自我的平衡：

不完美也很美

»

出发是为了抵达更好的自己

打开社交媒体，你会不会和我一样常看别人的一个又一个旅游冒险故事？那些踏过中南美洲雨林的步伐，深入原始部落记录的镜头，还有描述海拔3500米的高山上，空气如何稀薄到呼吸都要格外费劲的文字。

这些远游都带着冒险因子，为旅人带回一些老了以后可以下酒的回忆和故事。

屏幕另一头的你我是否也曾渴望来场冒险？渴望一趟看见壮阔风景的探险？甚至可能你已经在为自己策划一次出走的壮游了？

但人，到底为什么会渴望远行和冒险呢？可能是因为梦想，你在小时候曾指着地图说："长大以后我要去这里！"也可能是因为在挑战体能极限的过程中，你感受到了心理学家米哈里·契克森米哈赖（Mihaly Csikszentmihalyi）所提出的心流（Flow）——一种全心投入、专心致志、沉浸在当下的心理状态。

这都显示，一场真正以挑战自我为目标的冒险，不是因为旅人不珍惜生命，而是他们在追求着马斯洛人类需求金字塔的最高点——“自我实现”。出发，是为了更接近每个人心中向往的自己。

但每个人的体能、财务状况都不同，难道一定要登上最高峰，或穿越极地、沙漠才算是冒险吗？不一定。

登山探险家梅特·沃尔克曾分享他对冒险的定义，不是非得要去什么人烟罕至之处。

冒险的核心意义是：“一个人面对前方的未知，依然愿意全心全意投入，并用一种开放的心态去学习及参与其中。”沃尔克也告诉大家，一个尝试，无论上山下海，抑或是每天的小探险，只要满足以下五个方面，就足以称作一场冒险：

1. 冒险需要你投入大量的努力。

这些努力基于一个人能从更高、更远的角度去思考：“你是谁”“你想要如何生活”，还有“你可以为这个世界做些什么”。

2. 全心全意投入吧！

冒险需要我们发自内心地愿意拥抱挑战，朝成功迈进。但很重要的是，全心投入不代表盲目或鲁莽前进，而是我们有满满的信心和坚定的信念去面对迎面而来的挑战。

3. 抵达终点前一切都是未知。

如果结果能被预测，就不算是冒险，充其量就是坐云霄飞车，很刺激，但依然不算冒险。想想看，生命本来就充满了不确定性啊！与其花时间抗拒这个事实，试图掌控身边所有事情的走向，不如坦然接受这个事实，然后享受这些未知的精彩。即便迎面而来的是各种变化和难关，但这些同时也为我们的生命开启了更多可能性。

4. 面对逆境的弹性。

冒险中一定会遇到困难。每个逆境都是一次机会，让我们练习往后退一步，认识到生而为人就是会遇到一些仿佛电影里才会出现的、扯到不行的荒谬状况。这些困难躲不开，那不如就面对它，拥抱它，然后继续往前走。只要愿意，我们都可以选择用幽默感，笑着去面对、化解危机，甚至感谢这些逆境的出现。

5. 一路上的美好陪伴。

有时候，我们可以独自去做某些事情，但冒险，乃至美好的生活都需要伙伴，需要团队合作。因为拥有彼此的支持，我们的生命将会挖掘到更多的乐趣和值得感谢的事物。

冒险不是非得要你做极限运动或是什么大胆的行为，它就是一种生活态度和你所选择的生活方式。比如，面对一个举棋不定的状况（可能你想尝试户外摄影很久了，但因为器材费用问题而迟迟没有开始），最后，你选择勇往直前。

一次次的探险，为我们的生命注入活力和能量，而在一遍又一遍的努力、突破中，我们实现了心中那个期望的自己，抒发着对于生命的热情。只要你愿意，我们的每一天每一刻，都可以保持乐于接受冒险的状态。

大脑是个时空机器

这些年来，亲眼看着不少艺人大起大落，我觉得对他们而言，最难受的处境就是“曾经当红”。当红时，走在路上怕被认出来；不红了，走在路上怕没人认出来。以前，你的脸就是VIP（贵宾）通行证；现在，却得跟把你挡在派对门口的保镖说：“你不知道我是谁吗？”要是对方回你：“我真的不知道你是谁……”那就真的该回家躲起来了。

其实，不只是过气明星有这种痛苦，很多人也卡在自己的回忆中。我有个朋友，每次见面，就总是在怀念他结婚前的自在日子：“那时候多疯狂啊！一出门就可以三天不回家，那个年头，有的是时间，有的是精力，有的是对象……哪像现在，躺在爱情的坟墓里等死！”

他甚至还会说当年的音乐比较好听，当年的姑娘比较漂亮……虽然我每次都会点头称是，但心里不禁觉得他有点过度美化过去了。对他来说，昔日的记忆似乎是彩色的，现在的生活却是黑白的。

另外有些人则相反，执着于以前受过的委屈、吃过的亏——谁冒犯了他们，谁对不起他们……即便现在生活无忧无虑，但心中永远有一块卡在过去，某些记忆一直把他们的嘴角往下拉。我有个朋友就如此抱怨他的岳母，说她虽然现在几乎可以说是大富大贵，但总是动不动翻旧账，每次一发作就开始数落身边的亲人，说女儿当年出国念书后对她大小眼，她当年卧病在床时没人照顾她……这些不仅是过去式了，还是过度夸大的过去式。女儿受气没处发，老公就受池鱼之殃，使得我这位朋友逢年过节都得吃镇静剂。我们可以说，他们都是“时间的俘虏”，卡在过去的美好和创伤中。

我们都是时空旅人，随时都在以过去的记忆、现在的经验与未来的期待，作为判断和决策的滤镜。有些人偏重过去，有些人偏重未来，还有一些人选择享受现在。斯坦福大学心理学教授津巴多（Philip George Zimbardo）就曾经提出一个“心理时间观”的理论，把时间观分为五大类：

第一类偏重在过去的悲伤里。这种人认为过去就是一场灾难，因为过去的失足导致了后来的千古恨，这样的人比较容易忧郁、焦虑，缺乏自信，不快乐，难以控制自己的冲动。

第二类偏重于过去的美好。这种人经常回忆昔日光阴，相较于第一类人，他们可能比较快乐，比较友善，也比较正面，但如果只沉溺于过去，还是会因当下感到失落，甚至用怀念来逃避现实。

第三类的时间观专注在当下的享乐。这种人活在当下，也更有活力。然而，他们通常不能控制冲动，容易三分钟热度，最糟的情况是有可能沉迷于当下的享乐，而忽略了后果。

第四种人被困在当下的僵局。这种人觉得生活似乎没有进展，觉得诸事不顺，有点无助，特别容易有焦虑、抑郁的感觉，也可能随时做出冲动的决定。

第五种人则是专注在未来的可能性上。这种人总是为明天思考，很爱做计划，很有野心，也有目标导向。这似乎听起来不错，但也很可能因为过于专注于未来而无法享受当下，甚至因此而冷落身边人，也为自己带来过多的压力。

你认为自己属于上述的哪一个类型呢？

之前看过一句话：“抑郁就是对过去的过度执着，而焦虑就是对未来的过度执着。”这句话说得很有道理。“过度执着”在任何一个时空都不好。我们的大脑是灵活的机器，应该适当做出调整，才能应对进退。

知道这五种不同的时间观后，我们可以训练自己切换模式，让时间观灵活一些。举例来说，面对错误的决定，与其陷入难以自拔的懊悔，不如让自己专注在未来的可能性上。太在意未来的计划，可能需要培养一点儿怀旧的情趣。要是你觉得人生枯燥乏味，不妨找一群懂得享受当下的朋友，向他们学习好好生活，把握身边的美好。

每个人的一生都有不同的遭遇，会累积成不同的时空价值观，形成一个最能够实现我们成长需求的心态。津巴多教授如此建议：我们需要的是一双看向未来的双眼，一个能够关注并享受当下的心理空间，需要的是从自己的经历当中萃取出正面的力量。

这就是所谓“健康的心理时间观”；怀念过去，关注当下，期待未来，让一生贯穿于一个轴心，同时在脑海里灵活并存。若能达到这种境界，那人生就确实自在了！

什么让你感到寂寞

我家餐桌上有一盒卡片，放在饼干、椒盐和油醋旁边，叫“一百个问题：聊天工具盒”，是我从艾伦 · 狄波顿的人生学校（The School of Life）购买的。这些问题都没有所谓的正确答案，设计出来是为了让人们能够进行有趣真诚的交流。每天晚餐时，我会从中抽一张卡片，全家轮流回答上面的问题。有一天，我们抽到的问题是：什么会让你感到寂寞？

没想到儿子川川最先举手。“当爸爸妈妈晚上出去跟朋友吃饭，我跟婆婆在家的时候，我会觉得寂寞。”他说。

女儿接着回答：“当弟弟半夜跑去跟爸爸妈妈睡，然后我自己醒过来，看到你们都抱在一起的时候，我会觉得寂寞。”

老婆想了一下：“当在手机上看到朋友们一起出去玩，

我没有一起去的时候，我会觉得寂寞。”

我想都不用想，因为最近才经历过好几次。“当我出国出差，晚上跟你们视频，挂上电话的那一刻，我会觉得寂寞。”

多有意思啊！四个不同的答案，四种不同的寂寞。

儿子的寂寞反映了孩子对父母的爱。虽然他不缺玩具和大人的陪伴，但他还是最在意我们是否在身边。女儿千千的寂寞，则反映了姐弟间的微妙竞争。年龄相近的孩子很在意父母爱谁比较多，无论父母怎么说给两人的爱都一样，在原始的潜意识层面，孩子还是会希望把父母的爱全部占为己有。所以当姐姐发现弟弟偷偷跑去跟我和太太睡，我们又跟他亲亲抱抱的时候，想必心里不是滋味。她所谓的寂寞，可能带着对不公平的抱怨吧！

我太太的寂寞，则源于“错过的失落”。人是群体动物，也不免会在意自己在社群中的地位。这不一定表示我们都想当领头羊，但错过了重要的社交机会，还是不免会有失落感。这种简称“害怕错过事情”（Fear Of Missing Out）的心情，对于本就喜爱社交的人来说特别明显。它算是正常反应，不过如果经常有感而开始忧郁的话，那还是少看社交媒体比较好。

那我的寂寞呢？最近出差的画面还历历在目：那是一种人在异乡、想念避风港的惆怅。如果是个长期的状态，就可称为乡愁，但我的情况还好，起码每次出差都只有几天，而且每次都有明确的任务在身，所以不会有那种“我到底在这里干吗？”的茫然来复杂化原本的惆怅。

其实，晚上一个人坐在陌生的酒店房间里，本来就会感到寂寞。这很正常，没什么大不了的，甚至还值得享受一下！我这么说不是自虐，我只是不想因自己的处境自怜，去品味那必然有的、再自然不过，也必然会度过的短暂失意或悲伤（可以称之为“愁绪”）。法国作家雨果曾说：“愁绪就是乐在忧愁之中。”其实，如果我们不回避自己的愁绪，会发现它还是挺美的。话说，李白也应该就是在这种愁绪中，写下了《静夜思》中的“举头望明月，低头思故乡”吧！

蒋勋老师在《孤独六讲》一书中就曾这么写：“华人太爱热闹，太爱挤在一起，缺乏安全感，缺乏独自面对难题的快乐。我觉得尤其是下一代，更需要有独自面对自我的经验。可以孤独地从人群中出走，独与天地精神往来，完成自己完整的人格。”

他指的下一代，应该就是我们这一代了。我们将比上一代活得更久，孩子生得更少，背井离乡的比例更高。如何善对自己的孤独，将是我们这一代最重要的心理课题。最近，美国的媒体开始将“寂寞”看作一种疫情，因为调查发现，相较于二三十年前，寂寞感在发达国家正在大幅提升。美国有超过半数的受访者表示自己感到寂寞或孤单，而这与是否住得偏僻毫无关系。有许多人住在拥挤，甚至充满了社交机会的环境，但还是感到孤独。显然，这是一个我们必须面对的内心问题。

寂寞有很多面貌，也有很多原因。我们要处理自己的寂寞，就应该先认清自己的寂寞。这感觉到底从何而来？我是真的独处，身边没有任何亲友可依靠了，还是陷入了主观的感受之中？我选择用什么方法来对待这种感受？这个方法是否适用于这个原因？还是说，我根本没想过，只是在自我麻痹或回避它？就如同我们万万不能这么回应孩子的：“你这哪算是寂寞？我们都在身边，你竟然还有这种感觉，难道你那么缺乏安全感？！”我们也不能对自己说：“你这哪算寂寞？当个男人，长大吧！”无论原因为何，只要你感到寂寞，那对你来说就是真的。尊重别人的感受，也要尊重自己的感受。

我个人认为，对抗寂寞最好的方法就是“开始聊起来”。我们甚至可以直接问身边的人：“你会觉得寂寞吗？什么会让你感到寂寞？”虽然听起来沉重，但我们也不必把它视为苦闷的话题。敞开心聊，说不定会相当温暖和有疗愈效果。我相信一番交心的对话，绝对胜过一颗百忧解。

在茫茫人海中，我们就像是浓雾里的一艘船。鸣笛之前，我们只知道彼此的存在，却看不见对方真正在哪里；也许，鸣笛之后，我们才会发现原来其他人与我们那么近。

就像那晚我家突然开启了这个话题，在跟家人交流一番之后，我一边洗碗，一边回味那坦诚的对话，顿时感觉更亲近，更温暖，也更像一家人了。

为什么我们会“喜极而泣”？

有个成语叫“喜极而泣”，说的是我们极度高兴时，反而可能会流下眼泪。这应该是大家司空见惯的事了，不然也不会形成成语，但你有没有想过，为什么两种截然不同的情绪会相互转化呢？

你可能觉得这是极端情况下的情绪反应，那我再举几个例子：

你有没有在取得某种成绩时，不敢特别高兴，要抑制自己的喜悦之情，甚至刻意说“只是运气比较好”？有没有在看到家人取得某种成果时，心里想要祝贺，说出口时却变成了提醒对方要戒骄戒躁？有没有在特别开心，特别兴奋时，又隐隐约约有些不安，觉得自己不配这样开心或兴奋？是不是觉得很奇怪？为什么在拥有开心、快乐、喜悦这些正面情绪时，内心却又往相反的方向走，提醒自己不要这么开心、快乐、喜悦？

有一部分原因是我们骨子里的“中庸”文化，它让我们不至于太“得意忘形”，以免“乐极生悲”，但另一方面，也是我们大脑里的平衡机制在发挥作用。研究发现，我们的大脑短时间内承受了大量相同或类似的情绪之后，就会自动产生某种平衡机制，来让你恢复到平静状态。

这可能是一种进化带来的保护本能，因为一般来说，我们处于某种情绪不能自拔时，也是最容易掉以轻心、失去警觉和防御力的，所以，大脑就产生了这样的平衡机制。看起来非常矛盾，甚至有些奇怪，但却是一种自我保护。

几年前，耶鲁大学的两位研究生丽贝卡（Rebecca）和奥里亚纳·阿拉贡（Oriana Aragon）做过一个相似的研究，他们发现，有很多人在看到“可爱的”“很萌”的动物时，一方面觉得“好可爱”“好想抱一抱”，但很快，内心又出现了“好想捏死它”的负面想法。

这种古怪的反应很让人疑惑，难道人的内心都隐藏着某种“变态”想法吗？但研究者认为，这正是大脑在大量的正面情绪闯入后，产生的一些“攻击性”的行为，用来维持自己的平衡。

现在，你懂得了大脑的这个平衡机制，是不是对自己的一些奇怪念头，有了另一种理解呢？

最起码，你知道有些情绪只是自然反应，而不是“你”的反应，理解这一点，就不会受这些情绪影响了，可以让自己少一些烦恼，多一些平静和理性。

别让完美主义拖累你的人生

我从事心理学和个人发展的教育工作，常常有机会听到许多朋友诉说自己的未来愿景。

我听过许多人跟我形容希望未来能够遇见的那最完美的另一半，他们能够形容未来最完美的生活、居住环境、工作状态。但是，我也观察到，这些希望未来很“完美”的朋友，可能也正是朋友圈里少数几个还没结婚的人，或是经常换工作、换交往对象，有了许多漂亮的计划，但却迟迟未见到实际进展的人。

他们不是缺梦想，缺方向。他们很会做计划，也很有动力，谈到“意志力”和“抗压性”，在某些特定项目上，他们比谁都强。但他们有一个共同的致命伤，就是“完美主义”。

完美主义（Perfectionism），虽然在心理学中算是人格特质而不是病，但却是一种很容易导致心理疾病的人格特质。那是因为追求完美的人给自己和身边的人太多压力，以至于时常处在负面的心理状态，于是陷入忧郁、焦虑或强迫症的风险也比较高。

在心理学中，完美主义算是一个“多维特征”，其中包括了对于自己、对于他人的完美要求，来自父母、来自社会的完美要求等维度，可以说，每个人的“完美个性”都长得不太一样。

这当然也就麻烦了，因为是那么主观，所以我们很难去描述这个标准究竟要怎么达到，这时候，不是累死自己，就是累死别人。

从理论上来说，完美主义者也是有优点的。如果一个人凡事都求好心切，追求卓越，超越自我，那就是优！但如果他总是时间超支，睡眠不足，黑眼圈很重，脾气暴躁，永不满足，那就是劣！

问题是，完美主义者都是因为希望自己是前者，所以才会变成后者啊！他们也都会说：“我当然不希望自己那么焦虑，问题是事情就是做不好啊，怎么办？”

你觉得你有可能是个完美主义者吗，身边都是猪队友？还是只是事情太多了？以下有几个简单的问题，你可以用来检视一下你自己：

1. 你是否会经常因为别人做不好一件事，自己揽过来做？

2. 你是否对自己有相当高的标准，没有达到自己的标准时，会觉得很沮丧？

3. 你是否脑袋里经常有“事情应该这样那样，但却又不是这样那样”，理想与现实差距很大的念头，搞得你很烦？

4. 你是否在做一件事的过程中，碰到了一个不满意的状态，就很想要把整件事推倒重来？

5. 你是否非常在意别人对你的评价，尤其是对你的能力的评价？

6. 你平时是否会经常回想起过去发生的一些过失或错误的经历？

7. 你是否会常常无法准时完成一件事，或一直拖着不开始行动，因为“感觉还差了那么一点儿”？

如果在这七题当中你有一半以上都中的话，那你很可能就有完美主义倾向，也很可能已经在自己的生活中感受到了完美主义的负面影响。

是的，其实完美主义真的是一副金手铐。

有上进心是一件非常好的事情，也是老板会非常欣赏的员工特质。问题是这个上进的心，常常让我们过度追求小细节的完美，而放弃了大局；或是因为过度要求别人或自己，而把事情搞得很僵；或者，把什么事都揽给自己处理，结果造成工作大塞车，或是迟迟拖延不动手行动。

过去，在大学的我就曾经有这个毛病：当我知道要写一份报告的时候，马上就会去想它可以是个什么样子。问题是我想得太大太好，大到一直都在准备中，却没有行动。于是，就这样拖到最后一刻，不得已必须动手执行时，结果往往就是眼高手低，虎头蛇尾。

这不就可惜了吗？最可惜的是，在工作上，完美主义者可能是能力和本质最优，但也是拖延症最严重、工作效率最低的一群人。那么，我们该怎么办呢？

说实在的，完美主义的个性特质，很难改变，因为这种特质无论是天生或是小时候的教育影响，都已经根深蒂固地存在于我们的价值观之中了，要我们追求“不完美”“不要管那么多”，这感觉会非常不对劲，我们会时时刻刻觉得没有发挥自己的潜力。

我的建议是：首先，你要承认自己有完美主义的倾向，也必须虚心、客观地接受“完美主义已经造成了生活问题”这个事实。接受自己的核心特质，然后目标就是，保留完美主义的好，但剔除或降低它的不好。以下，有三个建议：

第一，你要坚信“80/20 法则”是你的救星。

“80/20 法则”告诉我们，80% 的效果，来自 20% 的付出。反之，那剩余的 20% 的效果，则需要花掉你 80% 的力气。牢记这个法则，因为它真的处处得到了验证！

想想，如果你手上有五个案子，你是要花 100% 的力气把一个案子做到 100%，还是说把力气分摊到每个案子，把每个做到 70%—80%？考虑到全局，哪个效果比较好？

下次你已经把一件事情做到“及格”，准备开始花力气去追求“完美”之前，先回头想想这个法则，就会更容易接受“够好”的感觉了。

第二，在开始之前，先定义出“必须达成”的目标是什么，以及“加分题”是什么。

完美主义者往往会看到什么就修理什么，但如果你能够从 80/20 法则中获利，你就必须一开始先定义出：哪些目标达到了，等于这件事已经及格了。

先把那些“必须做到”的目标列出来，先达成这些条件，行有余力，再去微调细修。不然，你可能会发现有些地方做得很好，但有些基本工作反而没做，结果整个案子不及格。先把基础做了，先要知道基础是什么，然后就开始行动吧。

第三，你要主动寻求别人给的意见和反馈。

这一点，对于内容创作者来说，往往是很困难的一步。因为完美主义者对自己的作品总是不满意，所以会很怕听到别人的反馈，其实反馈正是我们需要的！有了反馈，我们才能够更快看到不同的观点，找出自己的盲点，也可以让我们快速进步。如果你经常礼貌上说“请多多指教”，但却很难忍受别人的指教，那可以先请对方给你“好消息”，例如：“你觉得我做得最好的地方在哪里？”大家都喜欢被夸赞，对不对？先听听肯定的反馈，能先给你打一针强心剂。然后，再问：“你觉得哪里可以更好？”也不要急着为自己辩护，做各种解释，要先听，记笔记，当下先感谢对方，然后自己沉淀消化一下，再做回应。你可能会发现，其实别人说的话很有道理，但一定要在你冷静下来之后，这些道理才会看得比较清楚。时常这么做，你也就会越来越不怕别人的指点了。

据说在脸书（Facebook）总部的墙上，有这么一句口号：完成，比完美更好（Done is better than perfect）。

这句话来自 Facebook 的运营总监雪莉·桑德伯格，一位自己承认有很严重的完美主义倾向的女企业家。她甚至在自己的书上写过：“‘完美’就是你的敌人！”我们要记住，我们自己不是敌人，老板不是敌人，同事不是敌人，这个过于抽象又时时刻刻扯我们后腿的“完美”，才是我们的敌人！

现在，你有一个选择。

你可以跟以前一样，活在完美的理想中，但你可以先动起来，找出关键目标，分配好自己的时间和精神资源，然后开始做。这个过程中，你要接受自己有时会情绪低落，有时会相当困惑，有时会沮丧无助，但别忘了寻求意见、协助，分配好精力，让自己从追求完美的压力中解放出来，在完成阶段性任务中，逐渐进步。

当你有了成果，有了反馈，说不定自己虽然不满意，但外面一片叫好，成绩可能也远超你原本的期待。这时候，别忘了跟自己内心那别扭的完美自我说：“这样也不错啊，不是吗？放轻松吧！就是因为还有进步空间，所以下一次，还会更好！”

失衡是必然的，接受也是平衡

一天，我在 TED 网站上看到一个很有意思的演说。演讲者在台上倒立，整个人头下脚上对着观众说："我们今天换个角度聊'平衡'吧！各位看到我现在维持着平衡……但这轻松吗？一点儿也不！我的身体得不断地做调整，才不会摔下来，而且也很难自由移动。"

接着他一跃，回到站立状态。"我们都希望在生活中达到平衡，都被灌输那是好的观念，是至上的人生目标。"他说，"但我老实跟你讲，那是不可能的事情！"

这个开场一针见血！我也特别有共鸣。自从踏入社会，我一直都在追寻同样的平衡，而经过了一番挣扎与思索，我也得到了同样的结论："平衡的人生"原来是海市蜃楼！

我们无法获得完美的平衡，因为人生充满了变量。每当你觉得自己终于搞定了生活与工作的平衡（work-life

balance），达到了那久违的“内心宁静”，老天必然会丢个变化球，让你火烧屁股，不得不随机应变，调整排列，处理危机。

即使平淡的人生，也会让人不停地忙碌。有取，必有所舍，满足了一方的要求，总会有另一方失望。做事做人，都不可能面面俱到，最怕的是什么都想做到满分，结果什么都没做好。

既然失衡是必然的，我们是否能改变自己，拥抱失衡的状态呢？我最近就有了一个体会：一年多前，我也受到身边许多朋友的影响，开始迷上路跑。刚开始跑步时，我很容易累，而且脚和腿都很酸痛。教练跟我说：“那是因为你的身体一直在抵抗地心引力！你在用脚往前移动，却又用脚跟让自己停住。脚跟必须承受整个身体的重量，也削减了向前的动力。试试看向前倾斜，让地心引力自然带动身躯，再让脚在后面追着身体！”

我试了整整两个礼拜，一开始实在很不习惯，总觉得自己要跌个狗吃屎，但逐渐抓到了感觉，才真正体会到这个跑法的好处——当身体往前倒时，我们的天生反应就是伸出手脚来预防摔跤，这时不要迈大步，让脚跟着地，而是让脚板踏小步弹动，身体就会自然地持续向前。

说穿了，那就是一种刻意的失衡，但可以把地心引力转为向前的动力。教练说："姿势正确的话，确实会觉得自己要跌倒，但那样跑反而会更有效率！"

果然，学会了这个技巧，我能跑到之前双倍的距离，连爬坡也比较不容易累。

反思日常生活，失衡的状态，其实本身含有许多动力。与其抵抗，不如顺势运用这个能量。例如我发现自己跑步后身体较累，但元气较足，这时就适合打电话联络事情。一轮电话下来很烦，而且脑袋过热，这时又适合敲敲打打做音乐，做完音乐有点疯癫，又最适合陪小朋友玩耍。

我现在发现，家庭与工作，兴趣与职务，社交与个人，身体和心灵……就像是钟摆的两端。抓好节奏，当自己感觉失衡时，顺着钟摆去做对的事，说不定能把对立转为互补，能从摇摆中找到另一种自在！

自信伪装者

在 2000 年的 6 月，当我的母校哈佛大学为我们举办五年一次的毕业生同学会时，我还在那里的研究所读书。我从大学毕业直接进了博士班，一直都没离开。连续这么多年在美国剑桥镇这个地方，我已经是地头蛇了。有这么多同学和老友回来，我应该很开心，是吧？

错！

当同学们在各种派对、聚会上玩得正开心的时候，你知道我在哪里吗？我躲在房间里。你知道为什么吗？我觉得，我比不上他们。

毕业生会跟学校报告自己过去五年的发展，学校编辑成册，发给每一个校友，让同一届校友得以彼此保持联络。摊开每五年结集一次的《校友近况报告》（Reunion Class Report），随便翻开一页：

“过去几年我在上海居住，大部分时间都在探索新的商机。三年前，我创立了 ×××，一家专门从事亚洲另类投资的精品基金管理公司。该公司总部位于上海，是最早在中国设立的海外投资公司之一。目前，我们有两只对冲基金，并在继续扩大我们的产品范围和资产管理……”

“在旧金山的一家 ×××.com 担任 CEO（首席执行官）之后，我重新回到纽约创办了一个智囊团。事实证明，这是一个非常好的时机。我现在能咨询全世界的思想家和首席执行官，而且我也很幸运地找到了另一半莎莉，让我不再只想一天到晚飞来飞去。莎莉是一位极具天赋的模特和演员，目前正在主演一出百老汇音乐剧。我们在纽约市准备购买我们的第一栋房子，欢迎校友们来找我！哎呀，一转眼就五年了！日子似乎过得越来越快，你说是不是呢？”

我跟你说，如果你想要觉得自己一文不值，阅读这本哈佛大学《校友近况报告》准没错……

在外人的眼里，当时的我好像也不差，“哈佛教育学院心理系博士候选人”这个头衔听起来很厉害，但我的内心却不这么认为。同学们都已经涉足全球各行各业，我还在原地踏步；他们在董事会上呼风唤雨，我还在课堂里呵欠连连……但为了面子，我要假装自己过得很不错。我都想好了，万一遇见熟人问我近况，我会很潇洒地说：“当个博士候选人，我现在关心未来的教育，也有幸与最厉害的学者共事，唯有生活步调太慢！每天睡到自然醒，买杯咖啡，在校园里溜达溜达。天气好的话，就坐在户外的咖啡店晒太阳，想事情，天气不好就去图书馆看研究报告，偶尔跟教授碰面，讨论论文进度和教育的未来……每周当几次助教，带几堂心理学的课，谁能想到这么快就能被哈佛大学学生称为导师，哈！”

这超欠揍的说法，仅止于内心台词而已，实际没用上，因为我根本没见到同学们。我担心，我听到大家的丰功伟业时，会很难忍受心中那股比不上他们的失落。于是，我躲在房间里，活动全都没参加。好几次从窗户看到马路上走着熟悉的身影，我觉得惋惜又沮丧。

多傻啊！当时的我也觉得自己很傻，但你没办法跟自己的情绪讲道理。这样的心理状态，你曾经有过吗？

高达七成的人在一生当中，或多或少都经历过这样的心理状态。尤其在“高成就人士”中，更是普遍得出奇。这不难理解：当你的人生有机会三级跳，你自己知道多少靠的是实力，多少是靠关系，或是纯粹走了狗屎运？因此你爬得越高，心虚的可能性也就越高。

“伪装者效应”虽然不算是一种心理疾病，但它可能让人做出许多不明智的选择，例如，为了避免让自己“露馅”而回避或拒绝明明对自己很好的机会。或者相反，为了保护自己的玻璃心，故意装得气势凌人，结果搞砸了人际关系。或是成为一个工作狂，让大家看到你天天加班，觉得这样才算是“对得起”你的职位。对得起职位，但对得起你自己吗？

如果你只是外表看起来很好，但内心胶着在这种不自信之中，我有几个建议：

首先，你必须承认它。自省这些有破坏性的想法和感受，知道这可能是自己最大的绊脚石。

其次，你可以识别它，用记录的方式与自己的内心对话。你可以随身携带一个笔记本，随时写下心里的想法，写的过程中问自己：这是真的吗？回去再看自己写的，你可能会觉得那些想法不太像自己的。

最后，你完成一件事情的时候，记录一下自己的成就，列出你的优势，也记下你所擅长的、做得好的事情，因为那些也确实是属于你的啊！

现在的我，跟当年不一样了。我很投入人生，也很期待下次的同学聚会。回头看 2000 年的自己，我几乎无法相信那是以前的我，甚至很难想象自己曾经有过这么消极的想法。是哪一部分的“我”改变了呢？改变最大的，是我的心态。我开始接受的是：自觉和内在的成长，比任何事情都更重要。

安慰剂效应

人为什么需要仪式感？是自己骗自己，还是心灵信念无敌？

还记得《黑客帝国》这部科幻片吗？里面叫墨菲斯的黑客老大，让基努·里维斯选择两颗不同的药丸，一颗蓝色的，一颗红色的。

“如果你吃蓝色药丸的话，你醒过来就会忘记这一切发生过，你将回到你原本的舒适圈，回到你那平淡无奇的生活。”他继续说，“但如果你选择吃下红色药丸，你将觉醒，而觉醒的世界，就像是爱丽丝掉入了小白兔的洞。”

这部电影影响了很多人，包括一位年轻的行销经理罗伯特·里克曼。有一年，罗伯特参加美国的“火人节”[①]

① 火人节：从 1986 年开始，在美国内华达州黑石沙漠举行的为期 8 天的反传统狂欢节，提倡社区观念、包容、创造性、时尚和反消费主义。

（Burning Man Festival）时，把一些看起来像药丸的红色糖果装在一个药瓶里，发给各个前来参加派对的人。“想象一下，你就在《黑客帝国》里面！”他问，“吃了这颗红色的药丸之后，你希望到达什么样的世界，获得什么超能力呢？”

当时，他纯粹把这个当作与人破冰的游戏，但他也很清楚地告诉大家：这不是药，只是糖果而已。但火人节结束，大家返回自己的平凡生活后，开始不断有人联络罗伯特·里克曼，问他：“你确定那颗糖果没有药效吗？！因为自从我吃了它之后，我真的觉得自己不太一样了！”

他忙着解释：“不不不，请别误会，这完全是心理作用！”但还是有越来越多的人找他，跟他要这些“完全没有药效的神奇药丸”。连他的心理咨询师朋友都说：“我最近开始把这些药丸给我身边的一些病人，你知道吗？他们竟然也开始有了明显的改善！”

随后，罗伯特·里克曼正式推出了Xpill（X药片）——一种完全无药效的糖衣锭。它们装在一个看起来像是处方药的药瓶子里，上面很清楚地标明：“成分：淀粉。它本身毫无药效，唯一的效果就是‘你’！”

没错，Xpill摆明了就是假药。它的唯一效果，来自服用者自己的心态。每一盒 Xpill 还会附上一个很详细的《使用手册》，手册的功能是帮助服用者设定好自己希望的药效，把任何想要赋予的意义贯注在这颗药丸里。举例来说，如果你希望克服拖延症，就要先告诉自己："当我吃下这颗药丸后，我就不会再拖延！"然后吞下药丸，期待奇迹发生。

你是不是觉得这很莫名其妙？其实连误打误撞发明它的罗伯特·里克曼也觉得很不可思议，但他的网站上充满了服用者的证言：一位演员说 Xpill 帮助她消除了上台前的紧张；一个年轻人说它让他更能够找到人生方向；还有一位作家说，他能够写完一本书，就是靠 Xpill 的力量。

什么力量？摆明了，这就是自己的力量。

所谓的安慰剂效应（placebo effect），是指某一种药物或治疗方法，本身没有治疗效果，是凭病人自身的感觉或相信治疗会有效的心态而缓解病情的。其实，糖衣效应是医学界和心理学研究中出现得最普遍却又最无法解释的现象。

在医药制造领域，任何一种药物上市前，一定要进行"糖衣对照组"的临床试验。这就是让一部分病人吃真正的药，另一部分病人吃看起来像真的，但其实没有药效的

上瘾不可怕

你有让你“上瘾”的爱好吗？比如连日追剧不休息，刷微博刷抖音刷到头晕眼花，看小说看到废寝忘食……而你在做这些事时，能觉察到自己上瘾了吗？

科学家发现，一件事情能让人上瘾，往往是它会刺激大脑分泌出很多有正向激励作用的物质，比如多巴胺、催产素等，会让你感觉“很爽”，从而坚持不断地做下去，以获得更多的此类“奖赏”。

上瘾未必是坏事，比如你对某项技艺上瘾，反复练习，成为高手；或者坚持运动上瘾，成为朋友圈的健身达人。但凡事都有度，如果过度依赖这种“奖赏”，反而容易让生活的其他方面失衡。

比如打游戏这件事，因为它在设计时，就会把上瘾机制考虑进去，所以是最容易让人上瘾的，这也常常令很多家长苦恼，特别是暑假，孩子简直没法管了。前几天还有一位朋友留言，说自己的男朋友也沉迷于打游戏，对工作也不上心，这让她非常苦恼。

那么对于此类不那么正向的上瘾，该怎么来戒除呢？我觉得对于家人来说（男朋友也可以视为家人吧），有一种比较好的方法，就是从“陪伴”开始。因为是家人，你可以跟他说：“我觉得你对某件东西上瘾了，这是不对的，所以我想和你一起，看看如何改掉这个习惯，可以吗？”

一般来说，大部分人包括小孩，都知道上瘾不太好，也会配合你来发现问题，解决问题。接下来，你就要至少拿出一两天的时间，陪在他身边。陪着做什么呢？随时倾听他的心声，而且你要提前告诉他：“这不是因为想要监视你，管教你，让你不要玩游戏，而是当你想要玩游戏的时候，请你敞开心怀，告诉我你当下的感觉是什么？”

然后你可以和他一起探索这个感觉，当这个玩游戏的念头涌上心头时，发生了什么？是环境里发生了什么变化吗？是他突然觉得不耐烦吗？感到压力了吗？那么这些压力和烦躁的原因是什么呢？再往前追溯，是想到了繁忙的工作？或者还没完成的暑假作业？和他探索下去，直到找到那个“瘾头”的触发点。

这是一个很好用的心理技巧。因为每一种瘾，都有一个启动机制在发生作用。就像有烟瘾的人，听到“抽烟”二字，可能都会触发他抽烟的冲动。那么，你整天陪在他身边时，所要找到的，就是那个像扳机一样，啪嗒，触发他想要做上瘾之事的触发点。找到触发点以后，我相信你就知道要怎么做了。

我们去看一个上瘾的事情时，看到的已经是一个“结果”。如果只是控制这个结果，降低它的频率，或者直接禁止这个行为发生，其实上瘾的原因你还没有找到，也不会解决问题，那么就很难从根本上解除这些瘾头，就像韭菜一样，割了一茬儿，还会再长出一茬儿，生生不息。

特别是现在生活、工作压力都很大，就算小孩子在学校里，学习的压力也不小，很容易产生郁闷的心态或者感到焦虑无助。当碰到一个能让人上瘾的东西时，就容易借由这个东西来排遣烦闷的心情；如果这个东西本身就有让人上瘾的设计，比如游戏，甚至更严重的，比如毒品，那么，人就很容易陷进去。所以，解决上瘾问题，要去追溯源头，然后从根本上去改变某些东西，那些上瘾的行为自然就会减弱，甚至消失。

另外，还有一个技巧需要搭配使用，就是“替代”：用另一个“行为版本”，来替代当前的这个上瘾行为。比如，孩子沉迷于电子游戏，家长可以多带他去户外，接触更多好玩的东西；有烟瘾的人想抽烟时，可以嚼个口香糖，或者索性出去健健身；热衷于追剧追网络小说的人，可以给自己安排更多的业余活动。

因为我们的大脑具有“可塑性”，当你习惯了另一个行为模式时，你会发现原先让你上瘾的东西，变得没有那么有吸引力了，你的生活也变得健康正向起来。

心理学家还有一个很妙的发现，当人和人处于一种陪伴、交流关系中时，人的上瘾行为会自动被抑制。如果你一整天陪着他，和他交流，有很多的对话，一起做一些事情，那么他可能一整天都不会有上瘾行为。

所以，如果你发现你的家人或朋友有某些不太健康的上瘾行为，你想要帮助他，那么，陪伴也是一种很好的方式（顺便寻找令他上瘾的原因）。最后，问你一个问题，你觉得自己对于“玩手机”这件事，上瘾了吗？

坏情绪也很好

我以前年轻的时候，爱看恐怖片，但结婚后，因为我太太特别不爱看恐怖片，所以自己也就好多年没看过恐怖片了。现在再叫我看恐怖片，我也没那个胆了。

我想，人干吗要看恐怖片呢？似乎是一件很无聊的事情，对不对？把灯光调暗，放一部鬼片，把自己吓到连晚上起来上厕所都不敢，隔天还跟别人炫耀说：哦，那部电影吓死我了，好好看哟！但人们就是会刻意给自己制造一点儿不好的情绪，因为这其实也是有用处的。

还记得小时候，我第一次坐云霄飞车时，紧张到牙齿发抖，当列车慢慢地爬上高点，准备冲下来之前，我觉得自己吓得快窒息了！

最后坐完时，我浑身是汗，但当我们回到出发点，我知道自己是安全的，那原本的恐惧反而变成了兴奋的快感。

我只记得跟我爸爸说："爸！太好玩了！再来一次！"

你会不会觉得很奇怪？上一刻还吓得哭哭啼啼的，下一刻就说"再来一次"？

人们干吗会那么喜欢给自己找这种罪受啊？刻意吓自己，被绑在一个小车子里高速地翻过来转过去，搞得自己头昏脑涨的，然后还开心？！其实这就是在重新认识自己的情绪：让一件自己害怕的事情在安全的状态下发生，通过反复的尝试和接触，逐渐把原本的恐惧重新解读为快感。

这也就是为什么有些人爱看恐怖片。因为你知道，无论你看的时候多害怕，电影总是会结束的，你其实是安全的。如果你去电影院外面看，那些恐怖片结束后出来的观众，反而笑得最开心。

恐惧是负面情绪，也是一个讯号，告诉我们要避免危险。但如果只回避它，那我们可能一辈子都无法克服那个挑战。如果感受了那种恐惧，但依然勇敢突破，我们反而会对人生有更好的掌握，甚至会把恐惧"重新认识"为期待。

这个观念，我也用来教育孩子。我认识一个小孩，以前很怕生，很怕在别人面前表演，上台之前都会哭。但是他的爸爸妈妈陪他练习，让他做足了准备，给他鼓励，有来的？

是成长的年代、家庭教育环境、自我认同感……这些因素综合起来形成的价值观，给人一个直觉性的“喜欢”或“不喜欢”的第一时间的反应，然后我们再去“合理化”那个反应。

这是一般人的思路：先有直觉反应，再寻找能够合理化直觉反应的道理。但我们必须先承认这一点：没有人是客观的（除了刚出生的婴儿）。

接下来，我们说“不男不女”的时候，也必须问什么才是“男”，什么才是“女”？因为男人女人该是什么样子，其实是社会约定出来的规范。以化妆这件事为例，古埃及的法老会画眼线，用香水。罗马帝国的男人爱美的程度一点儿不亚于当代的女性，法国宫廷中的男人也爱穿高跟鞋。

不同文化也有不同的标准。沙特阿拉伯最近才允许女人开车，但同时男人好朋友可以手牵手逛街。这在我们眼里看起来不是很奇怪吗？每个社会都有自己的标准，而且以“社会性别建构论”来说，男女的“理想模板”，也会根据“当下社会的发展阶段”而改变。

举例来说，在第二次世界大战期间，美国人心中理想男性的形象，是非常有男子气魄的、强壮的，有着像军人一样坚毅、镇定、果断的气质。那不难理解，因为美国社会中的英雄就是这些军人。而当大战结束，军人们回归和平社会，人们开始为生活而努力时，理想的男性形象就变成了美国20世纪五六十年代电视剧中所出现的那种每天同一个时间出门，和老婆小孩吻别，晚上按时回家的中产公文包男。

美国社会继续发展，变得更富有时，就出现了更多元的男性形象。“披头士”刚出现的时候，就曾被许多当时的保守人士批评为“不伦不类”，但青少年们却很喜欢。为何？有可能是因为当时的其他男性典范形象，已经被视为老套了吧！

我自己的青春期是在美国的20世纪八九十年代度过的，当时主流社会已经明显更多元化，有些人喜欢穿着垫肩西装的肌肉男，但同时也出现了许多造型奇特的乐手、艺术家，他们会把头发吹得很高，有些还会涂指甲油，涂眼影，抹平了性别特征。

在亚洲也一样，日本社会在“二战”期间也崇尚有军人气质、有武士精神的男性；战败后开始发展经济了，就开始推崇那种西装笔挺、每天坐着地铁上班的“领薪水男人”；接着经济上涨到一定程度，又进入萧条期，也开始出

整容与“超常刺激”

最近看到的一篇报道，调研了暑假期间医疗美容（下简称“医美”）行业的情况，发现所有客户之中，还是学生的比例高。从全年来看，学生（包括初中、高中生）竟然占了这些美容整形机构客户的30%—40%！

这个数字真的让我挺吃惊的，因为以前医美是为了抗老，但现在很多年轻人在青春期就开始改造自己的面容。人到了青春期，生理开始发生显著变化，往往会更加关注自己的容貌和身体，也容易有各种不满意，急切地想变成自己理想中的样子。希望变美是人之常情，而且这种愿望和需求绝对胜过道德规范，所以如果一个年轻人已经执着于整容，光是“劝说”根本不会改变他的想法。

如果你觉得自己有必要，而且也做好了心理准备，要通过医美的手段来改善自己的形象，我建议你多去考虑自身的优势，在此基础上去找专业的医生做优化，而不是追随当下的潮流，去做某明星的复制版。

另外要特别提醒的一点是，要防止自己在变美的问题上钻牛角尖。当你开始用“整容”来快速提升自己的魅力，让自己颜值更高、更有异性缘、更受欢迎时，你极有可能会不由自主地为自己“加码”，以超出正常的标准来让自己“更有魅力”。这种情况有一个专业名词，叫作“超常刺激理论”。

哈佛大学医学院的心理学家迪尔·巴瑞特（Deirdre Barrett）在《超常刺激》（*Supernormal Stimuli*）这本书中，描述了自然界大量的“超常刺激”现象，比如一种鸟儿看到比自己生的蛋更大、斑点颜色更明显的假蛋时，会毫不犹豫千方百计地把这颗假蛋弄回鸟巢孵化，甚至为了孵这个更大的蛋，把其他的真蛋推出巢外。澳大利亚宝石甲虫的雄虫偏爱深咖啡色、背上凹凸不平又有光泽的雌虫，而许多啤酒瓶底刚好符合这个条件，于是你在澳大利亚打开公园的垃圾桶，很可能会看到丢弃的啤酒瓶上爬满了甲虫——它们都在情不自禁地设法跟瓶底交配。

这些行为看起来愚蠢，但从生物本能来说，也自有其道理，更大的蛋意味着会孵出更强壮的幼鸟，更频繁的交配意味着能产生更多自己的后代。亿万年来的进化，让某些特征成为一种“视觉速写”，让择偶变得更快更方便。

而人会不会也这样呢？当然啦！我们也是动物，我们也一样有这些视觉速写。像丰满的胸部、翘臀、细腰、长腿……这些特征之所以被公认为美，也是因为自然拥有这些特征的女性，往往也比较健康并容易生育。大眼睛、小下巴则是青春的象征。这些特征，在漫画和卡通里最容易被放大，甚至当被放大到不自然的地步时，我们竟然也不会觉得奇怪。这一点才是真正奇怪的。现在我们知道了，其实这些漫画、卡通、芭比娃娃等，在我们童年时就已经给我们注入了“超常刺激”的因子。

如果你关注美国的流行文化，关注一些网红、明星，会发现有些人隆胸或是丰臀，甚至有人到了非常夸张的地步。日本有一些比较狂热的动漫粉，会把自己的样貌往二次元形象整，眼睛变得非常大，夸张到好像小鹿或者猫头鹰。

当你见到这些“极致的美”时，你能够接受吗？你可能也会觉得这样太过了。其实我们的确在走向极端，鼻子修得越来越尖，眼睛开得越来越大，下巴也越来越尖。我最近在一些派对上见到一些刚出道的“网美”时，不禁觉得很惊讶，现在究竟是医生下手越来越重，还是这些年轻女孩自己要求整得那么夸张？

每个人都渴望让自己变得更好，当然也包括相貌在内，但需要注意的是，首先要想清楚，自己觉得美的标准从何而来？是不是产生了“超常刺激”，为了让自己更臻极致，而钻了牛角尖？

在解决“颜值”问题之前，也许我们更应该先解决的是内心的偏差。要投资自己的面貌，也别忘了同时投资自己的健康，因为身体的健康和心理的平衡才能支撑起一个持久的美丽外表。

第三章

情感的平衡：爱的能力

让熟悉变得不熟悉

不久前，一位外国朋友来到台北。我带他去了“台北故宫博物院”、信义区、101[①]……但当我们走在圆山高铁站的高架轨道，就是花博公园和 MAJI 市集前面的广场的时候，他的眼睛亮了起来。

“I can carve some nice lines here（我可以在这儿拉几条漂亮的线）！”他说。

“？”

原来这位朋友爱玩滑板，总会在新城市里寻找适合的场地，开心地想象在那里滑行、跳跃、要花样的感觉。他看城市的角度跟一般观光客不同，我们看的是地标，他看的则是“地形”。

---

① 101：台北 101 大楼。

这让我想起自己第一次回到台北的时候。那是 20 世纪 90 年代，地铁刚开工，忠孝东路挖开了一半，骑楼[①]下拥挤无比，有人摆菜摊，有人卖鸡蛋糕；路面高高低低，又由不同材质铺成，逛街有了一种频率在不断变化的节奏感。那时候我觉得好有意思，完全没想到方便性的问题。

后来，我选择回到台北定居，多年之后，自己有了小孩，经常推着娃娃车，才发现人行道多么起伏不平，会懊恼楼下面停放了太多车或杂物，让老人和小孩行走很不方便，也开始关注哪里的路、哪里的骑楼被改造了，变得好走了。

这时我发现：你的心态，会随着生态的改变而改变。

我曾经在《纽约时报》上看过一个女记者的摄影作品。她之前跑了大半个地球，做了二十多年的战地摄影记者，后来当了母亲。某一天，她发觉：当个家庭主妇所面对的混乱，跟在前线战地拍照，感觉也差不多。她反问自己："为什么对一名记者来说，偏远的事永远比身边的事更有价值？难道那些柴米油盐的琐碎日常生活，就因为看似平凡，而不值得铭记吗？"

于是，她把镜头转向身边的一切，拍摄孩子的玩耍、哭

---

① 骑楼：是一种近代商住建筑，建筑物底层沿街面后退且留出公共人行空间。

闹、让人捏把冷汗的跌跌撞撞。她记录了孩子上游泳课、参加亲戚的派对、去露营、把意大利面吃得满脸都是的场景。

她说："拍照让我能停下来关注。"停了下来，她才重新发现，原来自己生活的地方，是那么平庸又精彩，那么熟悉又陌生。

偶尔，我们都要给自己的身心一点儿距离，好用新的眼睛认识自己的所在。

有些习以为常的事物，需要用新的创意思维来改善，但更需要再次被注意到，被放在脑袋里当作一回事。有些小细节，也许我们早已经没有感觉了，这时候刷新眼睛再次认识，也觉得特别温馨，就如我一个搬去加拿大后又回到台湾探亲的朋友说："天！每个街角都有便利商店，这实在太幸福了！"与家的反差越大，回家的感触越深。

若不方便旅行，就干脆停住脚步，拿起镜头，换个视角，记录并品味那日常的一切。

这也是一种"心灵觉察力"。在日常的生活中静下心来，换个角度探索，例如，观察自然光影的变化，观察对象周遭的空间，甚至换个角度逛街，你也许能有些不同的感触，也从那个过程中，更清晰地感受自己心态的微妙变化。换个角度看世界，随着城市的节奏，让自己的心漫游。

旅行的时候能带回什么

从意大利回到台北的现实生活中，我除了需要倒时差之外，还要把买回来的各种杂七杂八的东西收拾好，逐一归位。东西真不少，有一些意大利的面食、巧克力、香料、白松露、橄榄油什么的，都非常美味。但还是有很多东西没法带回来，所以，有机会你真要去一次，亲自品尝一下。

我也因此思考一个问题，如果给你一个机会，可以把意大利的一个有价值的东西带回来，你会带什么呢？

我问在佛罗伦萨带我们四处参观的油画修复专业的留学生子阳，如果让他带一个东西，无论有形的，还是无形的，他会选择什么。子阳说：修复的专业。这一点儿也不意外，因为他就是学这个专业的。

我问我们在罗马的导游，他是学建筑修复的。他的回答也和子阳一样，不是具体的实物，而是一个无形的东西。

他说他想带意大利教授的研究精神，对于意大利的所有文物、所有经典，这些教授都考究得非常深入，非常负责，非常专业！他觉得这一套做学问的方法是非常有价值的。

我很理解他们的回答。如果你问我，在意大利的这两周，我想带回什么呢？我的答案是：我想带回意大利那种慢生活的状态。

所谓慢生活，不一定代表意大利人走路的步调很慢。其实，在罗马的大街上，你会看到他们走路快，开车也快；音乐响起的时候，他们的舞步欢快，精神也非常抖擞；和你说话时也都是眉飞色舞，有时候让人感觉整个民族都是急脾气。

但同时你也会看到，太阳一出来，大家都会在广场上找个地方坐下来看书聊天。咖啡馆总是满的，总是有人在那里，不知道他们在聊什么，但总觉得在聊很深入的东西。这里的书店也都是满满的，很多人手上总是拿着书。

这些都显示出，他们对于生活有一种强调某些时候应该慢下来的态度，虽然这种态度在工作上可能没那么高效率。

听说意大利人上班很晚，下班很早，中间还有两三个小时吃午饭和下午茶。也由于这个原因，他们是欧洲国家中经济发展比较落后的。但是你也不能说他们不懂得怎么过日子，因为从整体上说，他们还整天挺快乐的，觉得自己很幸福。

这种享受慢生活的态度让我很羡慕，但对于长期生活在此的异乡人来说，就可能有点抓狂。我们的留学生导游就说有好几次他们准时去上课，到了教室发现门是锁着的。他们就在那里痴痴地等，结果半小时还不见人影。又过了一个小时，他们晃到楼下去，发现教授竟然站在那儿抽烟，跟女教授聊天，或者先去喝杯咖啡，有时候过了一两个小时才会回来，找到学生再带大家出去，说今天阳光好，我们去参观哪一个古迹。

在守时这件事上，他们的观念似乎很有弹性。但这些留学生也跟我说，教授每次授课时，都希望能从同学们那儿学到些什么，希望每一次的教学都是相互的，而且每次都有新的收获。他也鼓励大家分享，很多时候，上课就是大家一起在讨论。

我觉得这种重视交流，重视大家坐在一起好好吃饭、聊天、喝咖啡的态度，肯定会造成很多的拖延，但这种慢慢聊的沟通方式，里面的质感肯定和只讲究效率、快速解决问题、马上开干做出来的东西不一样。

你看意大利的设计、美学、历史所沉淀出来的东西，都不是快步走路能产生出来的。或许这是因为他们时时刻刻都在一个快不起来的环境，好像随时踏在古人留下的脚印上，在这些建筑之间，在历史的脉络中，所以他们快不了。

而这种尊重历史的态度，也让我非常欣赏。如果把这种对美感的欣赏，对知识沟通、享受慢节奏的生活的态度，和我们中华民族特别讲究效率、赶进度的精神结合起来，我觉得会融合出平衡感很好的生活。

在去意大利之前，我确实觉得台北的生活节奏变得有点快了，尤其是为了度假，要集中把很多事情做完。这次旅行，我最大的收获就是理解了“慢”，理解了因为时间的沉淀而会有的深度，甚至因为时间的洗刷而有的一些斑驳、残缺和不完美。但经过了漫长的风干，哪怕是无形的、在脑袋里的思想，成熟了之后，就更值得回味。我视之为珍宝，希望从意大利带回来的就是它，希望它留在我心里，能够更加持久。

感恩的逻辑思维

感恩节，对于美国人来说是一个很重要的节日，除了购物和吃火鸡大餐之外，我想对所有看到“感恩节”这三个字的人来说，也都是一个提醒：生活中还是有些事情值得感恩的。

感恩是一个很重要的心态，它不只是礼貌，也是一个可以帮助我们变得更快乐的方法。有很多心理学研究已经证明，平时培养感恩的心态可以让我们更善于面对生活中可能出现的不顺利，而且心情也会变得正面。

如果你平时写感恩日记，持续两个礼拜之后，你八成能感受到自己的心情明显变好，不是说一定会变快乐，而是会变得比较平静、满足。久而久之，可能会让感恩成为你生活中的一部分。那么如何培养感恩心态呢？

首先，无论是对大人还是小孩，感恩都有一个表面的仪式性，就是一种礼貌，即懂得说“谢谢”，懂得回礼。但除此以外，更重要的应该是我们的心态。

对于孩子来说，这是一个很复杂的观念，所以你会看到年纪小一点儿的孩子往往不太懂得怎么样表达他们的谢意。当然，我们可以跟他们说：“人家叔叔阿姨给你糖果或玩具，你要说谢谢！不管你是不是要这个糖果或玩具，不管你开不开心，你都得说谢谢！”

我们做父母的也常常会有些懊恼，为什么其他孩子可以这么有礼貌，但如果不叮嘱的话自己的孩子就是不说。我的小孩也是一样。

我儿子川川 5 岁时，有一天，他拿一个玩具，包装得非常紧，他说：“爸爸，请帮我把这个打开。”我费了九牛二虎之力才打开，把里面的玩具拿出来给他的时候，他很开心，笑了一下，转身就走了。我就把他叫住，这种时候我都会跟他说：You are welcome（别客气）。他就回应说：Thank you（谢谢）。

可是不应该这样子，对不对？不应该是我和他讲“不客气”，他才会记起说“谢谢”。

那我们要怎么样提醒小孩，而且更重要的是，我们怎样培养小孩发自内心的感恩之心呢？

最近看到一个研究，研究者叫安德里亚·胡松（Andrea Hussong），他是北卡罗来纳大学教堂山分校的心理学教授。他的研究专门针对如何培养感恩心态，包括大人和小孩。他说，感恩大致上分为四个部分。

第一，注意（Notice），我们对于这件事的注意，即我们是否注意到人家对我们好。

第二，思考（Think），就是我们对这件事情的想法，我们判断这个人为什么对我们这么好。

第三，感受（Feel），就是这件事情给我们的感觉。

第四，行动（Do），就是我们表达感谢的行为。

所以他的感恩模型就有四个部分：注意—想法—感觉—行为（Notice-Think-Feel-Do）。

他最近做了一个测试，用十天的时间跟踪一百个家长，这些家长都有6—9岁大的小孩（通常是需要去训练他们说谢谢的年龄）。十天跟踪下来后，他发现绝大部分家长都会叫孩子说谢谢，少数家长会解释“说谢谢”是因为叔叔阿姨给了你什么东西，只有三分之一的人会去问小孩：“你拿到这个东西是什么心情？你开心吗？你喜欢吗？”更少的父母会去问自己的孩子：“你觉得叔叔阿姨为什么要对你这么好呢？你今天为什么会拿到这个奖品呢？”

安德里亚·胡松说，如果我们要培养真正的发自内心的感恩之心，四个部分就要全部启动，而且启动的顺序最好是事先让他们注意，然后问他们的想法，再问他们的感觉，最后到行为，那么他们每一次说“谢谢”的时候，就会有一个逻辑告诉他们为什么这样。

今天如果孩子去买个冰激凌，冰激凌店的老板看到他们说：“弟弟（妹妹）好可爱，来，多给你一个冰激凌。”可能大部分父母，包括我在内，接过来交到孩子手上后，会说：“你要说谢谢！”

其实孩子说“谢谢”的时候，不一定知道为什么，他们看到有两个冰激凌，可能只是开心。但如果套用注意—想法—感觉—行为的过程，我们应该说：“今天虽然我只给你买了一个冰激凌，但是你看这个老板多给了你一个，你有没有注意到？你觉得为什么他多给你一个？”

对于很多孩子来说，这可能是一个比较困难的问题，但我们还是要问。也许我们可以给他们一个解答：“因为这个老板喜欢你，他觉得你是一个很可爱很乖的小孩，你没有在旁边吵，你在静静地等这个冰激凌，你真的很棒。你原本只能得到一个的，你现在拿到了两个，你感觉如何呢？”

美丽的圣诞谎言

快到圣诞节了，如果你住在城市里，大概从 12 月初，就会看到各大商场摆出圣诞树，挂起灯，说不定都能听到播放与圣诞相关的歌曲了。对于我们亚洲人来说，圣诞节就是个欢乐的购物节，是鼓励朋友们趁机相聚的好机会。

不过我认为，圣诞节的文化渗透力也应该跳出物质范畴，其实对不少没有宗教信仰的欧美人士来说，他们也会把这个节日当作一个全家团聚日。

比如，在 1914 年第一次世界大战期间，在圣诞节的前一周，德、法、英三国的军人，居然主动放下了武器，走出壕沟，直接在战争前线，彼此交换礼物，还一起唱歌。虽然是敌人，但这一天还是成为大家的和平日。

今天，我也想跟你分享另外一个很动人的故事，它发生在 1955 年。当年，美国最大的零售商希尔斯（其规模相当于现在的亚马逊）在圣诞节前夕设计了一个新噱头——用圣诞老人的名义刊登报纸广告。广告上写着："嘿，孩子们！打我的私人电话，不论白天黑夜，我都能陪你们聊天。"

只要拨打广告上的热线电话就能跟圣诞老人一对一互动，圣诞老人的专线啊！总算可以亲自向圣诞老人说出自己的愿望了，可以想见孩子们有多兴奋。

但这里出现了一个从没料想到的问题：希尔斯的广告印刷错误，印错了电话号码。那这错误的号码究竟是谁的电话？竟然是北美大陆空防司令部（北美空防司令部的前身）的，这是在冷战时期，防御来自空中的攻击的关键防卫基地！

1955 年圣诞前夕，在基地执勤的是一位叫哈利·舒普的上校。突然，专线电话响起来了，这部电话是从来不会响起来的，基本上会响就表示有紧急状况，是个很严重的危机！

上校接起电话："是的，长官，我是哈利·舒普上校。"

电话的另一头，没有声音。

"长官？我是舒普上校。"他重复一遍，对方还是没有说话。

“长官？”舒普此时努力不让自己惊慌，打来电话居然不说话，肯定不是什么好事。“你听得见吗？”舒普又问了一次。

电话另一头总算说话了，但那不是指挥官的声音，那是……一个小女孩，她充满疑惑地问：“你真的是圣诞老公公吗？”

“这是开玩笑吗？！你有什么事？”他很凶地说。

小女孩的声音在发抖，显然她被这个意外的严肃的声音吓到了。

“报纸上说，我可以打这个电话找圣诞老人。”

上校环视四周，发现大家的表情都跟他一样惊讶。这时他想，可能真的是电话线路出了什么问题。他让自己的声音变得尽可能温柔些，回答说：“是的，亲爱的，抱歉，我没听出你的声音，你有乖乖的吗？”

在电话的另一端，可以听到小女孩整个绽放了：“真的是你！真的是圣诞老人！我很乖！我只是想跟你说，我好期待你来哟！我爸爸妈妈要我先去睡觉，但我会给你在圣诞树那里放牛奶跟饼干，还有红萝卜给你的麋鹿。你辛苦了！我爱你！”

挂上了电话之后，上校还没反应过来，电话又响了，接起来，是另外一个孩子。接着，越来越多的电话打进来，这时，上校叫另一位士兵负责接电话，并告诉他："假装你是圣诞老人就对了！"

这个原本可能造成天下大乱的误会，因为上校温柔的处理，成为一场美丽的误会。我们可以说，上校这么做太冒险了，但或许他在那一刻想起了自己的女儿，发觉了一个更重要的事实：捍卫国家的安全，不也包括保护孩子的纯真梦想吗？

后来，这场美丽的误会成了一个传统。从那一年开始，北美大陆空防司令部设了一个特殊专线，任何在平安夜打电话进来的孩子，都能得知圣诞老人的行踪，而这些自愿接电话的正是"空军、陆军、海军陆战队队员们以及他们的家人"。

光是 2009 年，他们就收到了超过 1.2 万封邮件、7 万个来自 200 多个国家的电话，连当时的第一夫人米歇尔·奥巴马也特地去北美空防司令部帮忙接电话。

而今，网络时代，这个专线已经变成了一个网站，它会随时更新圣诞老人的位置，提供圣诞老人送礼物的最新动向，让孩子们可以从一个雷达图上看到圣诞老公公现在到了哪里。你可以告诉孩子：圣诞老人已经快到台北了，你们要赶紧上床睡觉去，醒着的时候，圣诞老公公是不会来的哟！

过去两年，我就是用这个网站，在手机上给我的两个孩子看圣诞老人：你看，圣诞老人好快哟！这样的谎言，我还能维持多久呢？不过我觉得，即便有一天孩子们知道了，有一天认识到相信圣诞老公公存在好幼稚，我相信他们有了自己的孩子之后，也会回想这一段日子，想起当年自己多么兴奋，多么充满期待，想起圣诞谎言在他们的小心灵中注入过美好的梦想。这时候，或许，他们也会接下这个大胡子的任务，继续陪孩子追踪圣诞老人。

别为冲突火上浇油

人在相处中，总会有意见不合的时候，尤其跟枕边人和亲人，有感情，也一定会有冲突。

冲突必然会伴随负面情绪，情绪也很难不在语言和表情中流露出来。一定程度内的情绪是可以接受的，但当两个人已经无法控制自己，当言辞不只是为了争辩，而是要刻意伤害对方时，冲突就不再是沟通，而是“吵架”了。

我们都知道争辩时要避免人身攻击、说狠话、吼叫、辱骂等，但其实一些不经意说出口的句子，也很容易让冲突成为吵架。你可能说出口时不觉得严重，某些句子也许仅仅是个口头禅，但在对方心里，却会大幅加深对立，激起情绪，让沟通更困难。以下是千万要避免说出口的常见表达“地雷”：

一、“你总是……”或“你从来不……”

“你总是迟到！”“你从来不帮忙做家务！”你可能只想用一个比较夸张的方式表达心中的不满，但这种非黑即白的“绝对抱怨句”会让对方心里非常不舒服，因为他们所感受到的，是你不仅觉得他们做错了，还同时忽视了他们做对的时候。他可能曾经有几次没迟到，也可能曾经有几次帮忙做过家务，虽然次数不多，但这样的一句话，就等于把那些“对”的时刻也一笔勾销了。即便他真的“总是”或“从来没有”，你也要尽量避免这么说，因为对方很可能就为了证明你这句话说得不对而跟你争辩，结果却听不进你真正想要沟通的事，两人会因此而吵得不可开交。

如果你要表达自己的不满，要说得符合事实，并清楚表达内心的感受。例如：“你今天迟到了十五分钟，上次也迟到了快半个小时。这让我感觉到很不被尊重，我对你的迟到很不高兴，下次请你要准时，好吗？”

二、“我已经说过多少次了！”

是的，也许你已经说过几百次了，他还是一样改不了！但你这么说，也并不会有任何帮助。为什么呢？因为对方如果有意要改变自己的行为的话，那他应该早就改变了，而不需要你一再地提醒，是吧？所以，他如果还没有改变，那只有两种可能：一是他有困难，想改但改不了；二是他其实根本不想改。如果是前者，那这就不是沟通的问题，而是行为习惯的问题，你们要一起找更好的方法。如果是后者，那你就更需要了解他不愿意配合的原因。

你可以这么说："我发觉你好像很难改掉拖延的习惯，这让我觉得跟你一起做事很没有安全感。我真的很想要你改变，所以我想知道你的困难点在哪里。"

三、"你冷静一点儿好不好？"

当你说出这句话的时候，你觉得对方会怎么回答？"哦，好吧"？拜托！对方已经情绪亢奋了，这时候叫他冷静，我保证不会有你想要的效果。对方八成火气会更大，因为除了不高兴之外，他现在还会觉得你不重视他的情绪，还想命令他冷静。怎样，你叫我冷静我就得冷静啊？！他会这么想。

当对方情绪激动时，你必须先表示你"感受到了"对方的情绪。最好的回应方式，就是说出你被他的情绪"烫到"了："哇，我很想听你说，但是你现在的语气真的很凶，我被吓到了，可以请你先和缓一点儿吗？"当你如此表达自己的"脆弱"时，在乎你的人应该会收敛三分。

四、“这有什么大不了的！”

有那么严重吗？既然他都已经提出来了，显然这件事对他来说就是很严重！所以若你还这么回应，就意味着你觉得对方没有理由不满。人在抱怨时，最想要的就是被倾听和理解，而不是被质疑自己没道理或反应过度，所以这么一句话，等于是火上浇油。

如果你真觉得对方反应过头了，应该理解他的苦衷，你可以直接问他：“你为什么对这件事如此难过？”只要你是真心想理解对方，而不是用看似礼貌的问句来否定对方的话，他应该会好好跟你解释的。

其实，冲突不一定是件坏事，它可以让我们更了解彼此，从中磨合出更好的相处方式。有时候，一场冲突也能让我们认清彼此的界限，或价值观的差异。我们不太可能每一件事都能跟对方达成百分之百的共识，或说服对方改变自己的立场，但我们最起码可以把争执当作一个认真的沟通过程，而不只是情绪的宣泄。有道理请好好说，有不满请清楚讲，而且永远、永远不要蔑视彼此的感受。这就是沟通的第一原则！

善意的谎言

在现在的社会里，我们总是很难分辨出哪句话是真，哪句话是假。比如你和朋友说："好久不见了！改天一定要约一下！"朋友在电话那头说："好啊！一定！"这"一定"是真的一定吗？

老板交代了一个不可能的任务给你，最后说："辛苦你了！只有你能办到！"是真的只有你才能办到，还是他为了激励你所以这么说？如果你办不到，那是否就会被能够办到的人取代？

你送一个礼物给朋友，他面有难色地说："嗯，好棒啊！我很喜欢！"他的话怎么与他的表情差那么多啊？

和客户谈合作，对方说："大家都是朋友！我们同舟共济！"哦，是吗？那为什么谈到合约的时候又一板一眼？

如果说谎鼻子真的会变长，那我们每个人抬个头都会扫到树叶吧！随着年龄的增长，在这些谎言中，我们也逐渐能够辨识，大部分的时候，人家就是说说而已啦！无伤大雅。

我们逐渐看得出来，哪些时候，说谎的人自己没勇气说实话，但有的时候我们也看得出来，对方真的是满怀好意才选择不说，甚至是为了给我们安慰，给我们勇气，而大费周章地把事实美化。

美国作家欧·亨利曾经写过一个故事《最后一片叶子》。故事讲的是，女孩琼珊不幸得了严重的肺病，生命垂危，她躺在病床上，很绝望地看着窗外墙上的常春藤叶子不停地被风吹落，一片一片又一片。

她心灰意冷地和朋友说：等最后一片叶子掉落，我的生命也就结束了。也是因为这样消极的想法让她失去了生存的意志，于是，她每天都望着那片叶子，等它掉落，也静静地等待着自己生命的终结。但是，藤上的最后一片叶子竟然一直没有掉落，直到琼珊身体完全康复。

琼珊以为最后那片叶子是很幸运才没有掉，其实，是一位很有名的画家贝尔曼，在听琼珊的朋友讲述了琼珊的事情后，用画笔画了一片逼真的“永不凋落”的常春藤叶子，这让琼珊重拾了活下去的希望。你说，这不是一个最有善心的谎言吗？

我年轻时就曾经想：场面话，是否也算是谎言呢？你明明不想见到某些人，但总是要说："好开心看到你呀！"我们离不开这样的谎言，但说出它，不是因为你没勇气说实话，而是因为你知道，说实话没有帮助，只会伤感情，这么做不是勇敢成熟，反而是任性自私。

所以，我们会选择并且习惯那些表面的话，对另一半偶尔说出一些善意的谎言："哦，你穿那件衣服真的很好看！一点儿都不显胖！"因为我们爱他们，不想打击他们有点脆弱的自尊。我们也会对孩子说："手术很快，一点儿都不痛，睡一觉就都好了！"全身麻醉的确不痛，我们只是没说，醒过来之后会很不舒服，还需要好一段时间复原，因为，我们不想吓到即将进入冰冷手术房的孩子啊！

长大后，我们知道了善意的谎言也能让人内心感受到一种甜美。当我们知道了圣诞老公公真正是谁，我们的心会被这个世界性的谎言暖到流泪，就像意大利著名的电影《美丽人生》讲述的故事一样：集中营里一个犹太父亲，为了让他的孩子不害怕，编出了一个夸张的谎言，让儿子觉得集中营只是个游戏。这部电影后来获得了三个奥斯卡奖项，包括最佳外语片奖，观众们都为故事中那位父亲的爱心谎言感动不已。

或许，在苦闷之中，我们甚至要跟自己说个出于善意的谎言，比如，即便你没把握，也要告诉自己：“一定会成功的！”即便充满了恐惧，也要告诉自己：“我一点儿都不怕！”

当你离家的时候，你会收起眼泪，转身笑着对家人说：“别担心！我会很好的！”说不定，在那千百年前，我们的老祖先也曾经凭着同样的善意谎言，激励着彼此：

“过了那座山，过了那片海，另一边就是丰盛的天堂！”

“一定是这样的！所以之前出发的人才都没有回来！”

“一切都会好的！巫师在祭祀台上，也是这么说的！”

于是，他们背起行囊，挺起胸膛，踏入面前的那片蛮荒。

出于善意的谎言，鼓舞勇气的谎言，有时候，选择相信它们，才能让我们面对风险。其实，未来会发生什么，谁知道？但我们继续说：未来一定会更好！为了自己，为了家人，为了去挑战那看似不可能的目标，我们信誓旦旦地宣称：“我这次，可是一点儿都没说谎啊！”

但是不是所有情况下，说谎都有这样好的结局。很多时候，我们会因为沉醉在一些谎言中而无法看清真相。比如公司的首席执行官，提出了一个关于公司的未来规划，但事实上，这个计划漏洞百出，可是下属们却不敢及时指出来，都说："很棒，很不错。"就是这样，公司开始慢慢面临倒闭的命运。老师为了鼓励你，说你唱歌很好听，结果你太过自信，导致在参加比赛的时候，成绩并没有期待得那么高。这些都是因为在"甜蜜的谎言"中迷失了自己。所以谎言有双面性，需要你有一颗善良和明辨是非的心。你可以判断哪些是对自己有利的，哪些是由于某种原因无法讲出真话的，要体谅那些选择不跟你讲真话的人的处境。

你有了这样一把尺，就可以把谎言当作生命中的催化剂，更积极地思考和前进。

同时，我们要知道什么时候说谎，哪怕是善意的谎言，也可能是有伤害的。如果你知道，你则需要勇气说出你所看到的事实。电影《我是谁》里面有一句经典台词：每个人都只看到他愿意看到的。我想改一下，每个人都只愿意听到他想要听到的。愿你善用它，也可以分辨它！

形形色色的价值观：认清与认同

最近有个朋友跟我说，前一阵子回家，发现自己对父母的意见越来越大，同时又厌恶自己“没主见，没能力”，不确定自己是否有能力买一套房子作为落脚点；婚姻方面，则认为自己“脾气太臭”，所以对感情不抱太多信心。

很明显，站在人生的某个路口，这位朋友带有很多心结：关于家庭的，关于自己的，关于工作能力的……

这么说来，好像有很多“任务”要去完成。不过我认为，每个人来到世界上，最大的任务就是找到属于自己的幸福感，活出最好的自己。

但这个过程没那么容易：这一路上，你一定会听到周遭的各种声音，不同的价值观相互碰撞，有时甚至还会对你造成束缚和干扰。

比如，有人很自然就跨入了婚姻的殿堂，有人却坚持不婚主义，活得也很自在；有人选择拥有一套自己的房子，还有人选择环游世界，也十分洒脱。

这些人做出的选择不尽相同，但关键词都是“自在”。

就如这位朋友认为自己需要买一套房子，认为自己“脾气太臭”，对感情不抱信心，但他是否可以问问自己：我买一套房子，是渴望有一个家，有一份归属感，还是为了享受独居的快乐？

如果是因为脾气臭而拒绝一份感情，而不是因为觉得独身很自在，那么不妨去设想一下拥有感情之后的生活状态：它带给你的是平静，还是短暂逃离父母的叨唠？是安全，还是马上寻找下一个阶段的目标？

我认为，每个人在实现自己的过程中，金钱、成就、地位等会随之而来，但如果不知道自己所要实现的是什么，单纯以物质作为追求目标，可能你会获得短期的动力，但这个目标实现之后呢？

如果你不想买了第一套房，又想买第二套、第三套……这样无止境地买下去，却得不到真正的快乐和满足，那么就要正视自己的感受，重新思考“我需要什么”这个课题。

也许你在面对自我的过程中，发现想要的不是塞满了东西却依然感觉空荡荡的房子，而是有一个人和你一起构建这个“家”，你们可以一起做饭，一起看电影，每天回到家，有属于自己的一盏灯。那么你就要面对实现它的阻碍，检视自己的优势与不足：假设真的是脾气臭，使你无法实现这样的渴望，那你就要放下身段，修正脾气。

另外一点：很多人年纪越大，就越会发现自己和父母的观念习性很像。甚至我们可以说，整个心理学就是逐步发觉“自己在成长中是如何无形中被塑形的”。

有些观念虽然看起来旧，但其实是好的，是时间沉淀下来的智慧，或是值得保留的美德，比如礼义廉耻、节俭、尊重……这些在现代社会也同样需要。就像我们看到时尚产业对全球环保所造成的负担，必须扪心自问：过于商业化，喜新厌旧，是否能让人类在这个地球延续下去？这时，那些节俭、朴实的“旧观念”，就尤为可贵。

这时候，发觉自己与上一代有相似之处，就是一个很好的机会，让我们去检视这些相同点。如果你也认同，就饮水思源，好好感谢父母传承下来的观念。但如果你发现某些旧观念已经不太适用，比如阶级观念、种族观念、刻板印象……当你意识到这些时，就是一个用理性去克服旧观念的好机会。

如果你发觉这些成了你性格中根深蒂固的一部分难以改变时，可以试着写下为什么想要改变——搞清楚为什么，这非常重要。然后，拟出一个改变计划。

我认为，性格和习惯确实不容易改变，但不意味着没办法改。我们可以通过每天小小的进步，积累成一个大的翻转。

比如，你经常买便宜货，又不舍得扔，那么你可以给自己设定一个挑战：每星期淘汰一件你不那么需要的东西，捐掉也好，回收也好。另外，限定自己一周购买物品的件数。针对这一点，你可以先列出一个购物清单，这样可以避免你不知不觉买下不必要的东西。

总而言之，在制定目标时，我们最需要的，就是先认清自己的动机。认清才能认同，认同才能认真地奋力一搏！

克服社交焦虑：不是表现，是寻找

前一阵子，我在派对上认识了一个新朋友。原本我们跟一大群人相互寒暄，你一言我一语的，但后来我俩有机会在一旁聊了起来，这时他突然问我："你不会觉得大部分的社交寒暄，都很浪费时间吗？"

他的坦率让我觉得很有意思，因为我也曾经有这种想法。

曾有一时，我是个很害羞的人。虽然平常跟熟人相处很自在，但在陌生的社交场合总是会焦虑。我还曾经把这种内心的不适感自圆其说为"不喜欢没深度的聊天"，但我发现带着这种负面态度去社交场合，更是难认识新朋友。

年纪越大，就越发现社交的重要性。身边会聊天的人，总是能够把一般的社交转为未来的机会。对他们来说，社交就不只是 socializing（社交），还是 networking（工作关作、自在感等。这种感觉是双向的，你感觉得到，对方也能感觉到。

人们常说“见面三分情”。因为只有在面对面的过程中，我们才能更深地了解对方，判断出对方是否是一个让我们觉得舒服、可靠，可以深交的人。

既然如此，今天无论我们说什么，都应该要和善，要微笑，尽量展现自己的亲和力。就如美国作家玛雅·安吉罗 (Maya Angelou) 所说：“人们会忘记你所说过的话，忘记你所做过的事，但永远不会忘记你带给他们的感觉。”

或许你们只是萍水相逢，随便聊聊，或许你希望和对方发展一段深入的关系，但你都可以让自己的状态变得最好，创造出你想要的舒服感，让对方是舒服的，自在的，觉得我们能听懂他们，并且留下好感。

这年头，人们越来越靠屏幕沟通，对见面反而生疏畏惧。社交虽然是门艺术，但绝对没有想象的难。我希望它不要成为“消失的艺术”！下次认识陌生人，不要保持沉默，把握机会，多聊聊，寒暄一下，找回那继续聊下去的动机和好感吧！

在一起寂寞

有一次我回到家，看到儿子跟几个同学在厨房，你知道他们在干什么吗？美国老友那天跟我说："一群年轻人围着餐桌都没人讲话，全在玩自己的手机！"我后来问儿子："你要么就自己玩，何必找一群朋友来，却零互动？"我儿子竟然回答："爸，这就叫 lonely together（在一起寂寞）！"

Lonely together，在一起寂寞，多么"超龄"的意境啊！以前这种形容可能让人联想到不幸福的婚姻或养老院的惆怅，现在却适用于"00 后"。在一起寂寞，也可以说是都市剪影。大城市的人口持续增加，距离感却没减少，上下班的地铁站万头攒动，通勤者相互只忙着彼此闪躲，头上戴着大大的耳机，每个人都几乎成了"感官绝缘体"。

人类文明发展至今，大概还没经历过这么拥挤又无交集的存在状态。

最近宾夕法尼亚大学心理系做了一个大数据研究，统计数万个 Facebook（脸书）用户一年下来的贴文，把最常使用的字化为词云，再把这些词与那些用户的心理测验做交叉比对，结果发现不同心理状态的人，例如乐观与悲观的人，所惯用的词汇都有差别。你猜，结果哪一个词与抑郁症有最强的关联？这个词就是 alone（孤独／寂寞）。

想一想，alone 这个词竟然跟抑郁症有最强关联，那 alone 的心情，又与抑郁症有多强的关联呢？抑郁（Depression）这个词本身，指一种低潮、缺乏动力的状态。很多患有抑郁症的人什么都不想做，不想出家门，不想回短信，更不想与人有面对面的接触。但一个人越是待在家里，越不与人接触，越缺乏互动所带给他的活力与好感，越可能感到极度孤独。近年来，我们看到抑郁症患者比例大幅增加，或许正是因为在行为上，越来越多的人选择在家里独处。

在家独处的人虽然可以用 3C 产品，好像在跟外界保持互动，但他们关掉计算机、手机后，还是在一个寂寞的状态。心理学告诉我们，人类除了需要食物、睡眠、性之外，与他人的互动也算是一种基本需求，而它的重要性远远超过我们之前的认知。所以，人类常常在寻找这种彼此互动所能带来的快感。

科学家就曾使用FMRI（功能性磁共振成像）机器，观察人们上社交网站时大脑运作的状态，发现当人获得朋友的点赞时，所触及的部位就好比获得了一个拥抱。

但这是一个虚拟的拥抱，并不能够完全代替真实的肢体接触。如果社交网站确实能带给我们同样的满足感，那人们越使用社交网络就应该越快乐才对，但最新的综合分析依旧明显地显示：人们使用网络的时间越长，就越容易不快乐，也越发感到孤独。

所以，我们所看到的这种现象，其实是一种“代糖”效果，似乎有热量，其实只是一种味道，没有太多营养成分。

最近回到纽约，发现街上的流浪汉变得更多了。也许是夏天的关系吧，几乎每个路口都坐着几个街友，不只是男的，还有妇女和年轻人，而让我更错愕的是，其中有一半都在那里喃喃自语。你不用学心理学也能看出，那是一种精神疾病的症状。这些人处于幻听状态，仿佛身边有个朋友在跟他们对话，但其实闪过他们面前的，只是城市的车水马龙和疾走行人的大腿。

前几天，我在下城也看到了这么一个诡异的景象：一位街友靠着墙角，对着某位假想仇人咆哮，而不远处站着一位西装笔挺的男子，也在大声地自言自语。最后当西装男侧过头来时，你才看见他耳朵上塞了个小小的蓝牙耳机。

的确，我们现代人的许多行为，古人看来一定会觉得像是疯子所为。我们会对着一个小小的盒子哭笑；一群人坐在地铁的车厢里，却没有任何眼神的交流，甚至连好奇的目光都没有；一群年轻人围着餐桌，有男有女，每个人都低着头，手指很忙碌。

但在内心深处，我们还是需要彼此的，因为我们是有温度的动物，还是需要与同类在同一个空间里取暖，于是共处的时间，就成了一个必要却又尴尬的过渡期，呈现了lonely together这样的诡异状态。

我还是相信有一件事不会改变，那就是我们对于connection（互相认识与接触）的需求，因为这是我们身为社群动物，数十万年进化过程中，写入大脑底层的生存程序。

物极必反，也会造成社会和文化的轮回。一个现象发展过头了，又会被拉回来按照人性的轨迹绕一圈。举例来说，当数字录音技术已经进步到几乎“零失真”的时候，黑胶唱片反而受到追捧。尽管音乐唾手可得，点两下就有，但令许多人陶醉的失真、有点杂音，却比较“有人味”的聆听体验是唱片独有的。

在被网络购物打趴下的实体商店营业额连续下降了这么多年后，实体零售也开始有一些回温。在美国，最明显的例子就是独立书店的复兴。

最近，我看到一篇报道，访问布鲁克林一家独立书店的老板，她说：“我们这里有握手买卖的文化，而网络书店没有。”握手买卖，多么贴切的描述！一个有体感的术语，形容店员与顾客的交流，了解顾客需求并为其推荐，就像是店员握着你的手，帮你把脉，看到机器算法看不到的东西，在你的眼神中判读你真正需要的是什么。

这个就是人工智能和大数据没办法比拟的，也是人在未来社会中存在的最大价值之一：我们听得懂话中话，看得出眼神背后的心情，感受得到语气的温度，嗅得出人情味；在这个当下聚集的时空，只要重新启动老天给我们的感官，我们所获得的讯息就是更真实的。

也许，在不久的未来，当网络像空气一样普及，而科技所造成的孤立是大众皆知的文明病时，我们会设计出更多面对面的空间，或是社交的文化，让人能够真正 get together（在一起），不只是 get lonely together（在一起寂寞）。

看见影子就开枪

今年的万圣节派对特别多。过去一周，在网上见到了不少朋友晒自己的创意造型，大家拍照时都很入戏。我们全家也参加了一场万圣节亲子派对，大人们喝酒聊天，小孩子吃糖玩乐，热闹了一整个下午。这就是现在的万圣节，一群朋友在一起装疯卖傻，搞笑舒压。

但如果你问我两者区别，我还是觉得以前的万圣节比较有意思。

小时候，我住在纽约市皇后区。20 世纪 80 年代过圣诞节，孩子们还会互相约好，各自装扮好，拿着南瓜灯，找个大哥哥大姐姐带头，大家一起出门去要糖。

我也曾经这样，跟同学们从下午放学就开始，一直到晚餐时间才回家，几个小时下来，可以走遍附近的大街小巷。

我永远记得，在暮色下，大伙儿一边走着，一边吃糖，一边为了交换而吵着、嚷嚷着谁拿到的糖果比较好，为什么自己没有拿到之类的。

我家附近有一个叫“森林之丘”的社区，那里的树荫浓密，房子也特别大。有几个房子很老，跟鬼屋一样。要去那里按铃，还真需要一点儿胆量。记得有一年万圣节，我们这群小屁孩想一探究竟，又害怕，还特别会吓唬自己：“我哥说，住在那个房子里面的人，是个杀人犯！”“我刚才好像看到窗户里有张苍白的脸在盯着我们！”一阵冷风吹来，我们集体打了个寒战。有人害怕想回家，有人骂胆小鬼，有人说划拳，输的就去按门铃，有人输了还是不敢去。最后，我们带着害怕又好奇的心情，决定一起上门。

按了铃，我们紧张地站在那里，随时准备拔腿就跑。

门后传来沉重的脚步声，几个锁连续地打开，一个骨瘦如柴的老头儿打开门，用严厉的眼神看着我们，一言不发。我们在那里站了好久，终于小声地挤出一句：“……trick or treat（不给糖就捣蛋）……”

老人转身，消失在房子深处，隔了一会儿又出现，手上拿了几个特大号的棒棒糖。他缓缓地推开纱门，一个个交给我们，说：“万圣节快乐。”

我们说谢谢，他点点头。门一关上，我们转身就跑，回到街上才开始大呼小叫：“吓死我啦！”

其实对我们小孩来说，每一户打开门的大人，都像怪兽似的。有些阿姨一开门就咆哮，说我们多可爱，多可爱，嗓门儿却好像巫婆。有些叔叔个头儿巨大，像是科学怪人，糖果在他们手里看起来好小。还有些主人一打开门，就有疯狗疯猫从里面往外冲。

那个阴森森的房子的老人虽然只对我们说了 Happy Halloween（万圣节快乐），但从他的口音也能听出来，他不是美国人。他的鼻子特别大，眼眶特别深，眼圈特别黑。我上大学之后，在东欧旅行时看到的一些吉卜赛人，就是这个样子。

回家吃晚餐的时间到了。落叶在街上被风吹着，发出窸窸窣窣的声音。我们一群已经吃糖吃到完全没胃口的孩子，到附近的公园“分赃”后，就各自回家了。

玩这种 trick or treat 的游戏，大概经历了三年，但我却回味了一辈子。

后来，我们搬到了一个树更多、房子更少的长岛社区。每户之间隔得较远，邻居彼此之间也比较疏远。万圣节上门的孩子变少了。以前我们会准备两三袋糖果，后来一袋都嫌多。偶尔门铃响，也就是那么两三个孩子，后面站着他们的父母。

现在，无论纽约、洛杉矶，还是其他城市，人们变着花样庆祝万圣节，但应该没有家长敢让孩子自己成群结队去按门铃要糖了吧？毕竟现在的社会太复杂了，新闻上报道的，都是藏在民间的恋童变态和各种绑架小孩的恐怖消息，万一出事了怎么办？

以前，每年最起码有那么一个晚上，孩子们能戴个面具，化个装，在家附近走走，敲敲陌生人家的门，见一见陌生的面孔，借此壮壮胆，也对外面的世界多一点儿认识，少一点儿恐惧。

现在呢？算了吧！谁敢冒这个险？！我们的社会越来越多元，我们却过得越来越小心。新闻替代了小时候吓唬我们的大哥哥大姐姐，而我们，也变得更会吓唬自己了。这很现实，但我觉得有点可惜。

2016年，在“假新闻”还不是个家喻户晓的名词时，美国爱达荷州就爆出了叙利亚难民强奸儿童的新闻，这个消息从网络很快在每一家餐桌和主流媒体上传开。

问题是，当地根本没有收容任何叙利亚难民，这件事纯属谣言，但地方官员试图辟谣时，还被指控蓄意掩盖实情，受到了各种恐怖威胁。

美国作家安德鲁·史密斯写过这么一句话：“我们害怕自己所不理解的，并憎恨自己无法征服的。”假如我们无法征服的就是自己的恐惧，那对于不理解的人、事物，是否也很容易转为憎恨呢？

回想“森林之丘”那位眼神严厉、不苟言笑、说话有奇怪口音的老先生，如果当年我们没有鼓起勇气按他家的门铃，没有从他的手里接过棒棒糖，跟他说“谢谢”“万圣节快乐”的话，他就一直都会是个想象中的杀人魔，他的房子就一直会是想象中的凶宅。

小时候，没有机会去探索未知，未知就会充满恐惧。

长大后，有些人会背上背包，勇闯天涯。有些人会刻意练习，用理智寻找真相，思索考证，但那只是极少数的人。大部分人，可能一辈子都会待在同一个区域，吃同样的食物，跟同样类型的人交朋友，看同样的新闻媒体，不假思索地过一生。

社会心理学家罗伯特·B. 西奥迪尼（Robert B.Cialdini）就曾经在《影响力》这本书中推测：当讯息越来越多，而时间越来越少的时候，我们就更容易意气用事，更容易听信夸张的叙述，更不会停下来查证讯息，更容易见到影子就开枪。

实在很像现在，不是吗?

我们通过网络的滤镜来看世界，但少了与世界面对面的交集。我们担心身边的人会知道我们太多的隐私，对我们心生诡计。但同时，我们又大大咧咧地把各种私生活动态放到网上，晒给世界看。

也许，我们该少一点儿刷屏，多一点儿行动，主动做些研究，来理解那些看似骇人的安全议题。敲敲门，让那位新搬进社区来的邻居感受到附近的人情温暖；停下脚步，去跟那些时常碰面，但从来不曾交谈过的邻居，稍微寒暄几句；或一年一度，带着孩子，披上奇特的装扮，四处串串门子，说 trick or treat……少一点儿未知，也就少一点儿畏惧，也许，我们还能拿到一根特别大的棒棒糖。

第四章

关系的平衡：

别人是一面镜子

不必讨好“势利眼”

不管国内还是国外，在职场与人握手言欢之后，大家都习惯递上一张名片。在亚洲，对方常会根据名片来决定要给你几分钟面对面的时间，开完会是否送你到门口，甚至鞠躬要鞠几度，等等。大家习以为常，这已经成了一种规矩。

英国著名作家阿兰 · 德 · 波顿（Alain de Botton）有一场演说提到名片，他说用名片来决定跟人交往是一种snobbery，而snobbery是一个现代社会的通病。Snobbery这个词翻译成中文，是很不好听的“势利眼”，而德 · 波顿则给“势利眼”提出了一个新的定义：别人拿你的一小部分，来对你整个人做一个通盘的定论。

突然被点到，有点震惊。天哪！我是个势利眼的人吗？我一辈子所受的教育，不都在强调“不可以貌取人”

（Don’t judge a book by its cover），不可有势利眼吗？

反省过去的生活，我觉得自己时常受惠于他人的势利眼。每当别人听说我是哈佛大学毕业时，通常都会露出惊艳的表情。（如果没有，他们八成是耶鲁毕业的！）

但这是一种福气，也是一种挑战。有个光环套在头上，别人会对你有所期待，行动会变得比较不方便。我的第一份工作，有个上司就时常对我说：“Come on! 这么简单的事情，对你们哈佛高才生应该不是问题吧？”

我时常加班到最晚，就是为了证明自己不比别人高一等。以前拍广告时，我很乐意帮制片助理处理杂事，就是为了能跟同事打成一片。到后来，我发现自己实在分不清楚什么是忠于自我，什么是忠于别人期待的自我，还有很多时候必须多做许多事情，来推翻别人的成见。

从学术界到创意界，我一向不认为自己属于“老鼠大赛”[①]的成员。对自己而言，I am what I think（我是我认为的那样），但对外面的世界来说，I am what I do（我是我表现出来的样子）。身为艺术工作者，我的作品就是我的代表，而在作品上精益求精是最重要的原则。我曾深深相

① 源自《不要和老鼠比赛》的寓言故事，它阐述了一个人对于琐事的兴趣越大，对大事的兴趣就会越小的道理。

信一个人只要遵守这个原则，成功自然是你的，客户会自动找上门来，你也会受到同侪的尊敬。但后来我发现这也不完全正确，因为如果一个人不懂得自我营销，与客户建立好的关系，甚至“抢卡位”的话，错过了时机，就很难出头。

另外，要在事业上忠于自我，也必须要承受外界的评论，起码我们得搞清楚别人怎么看我们，才能知道如何应对他们的期待。勇于走自己的路，但还没成功的人，其实心里最怕外人的误解。

之前认识一个朋友，他对我坦诚说：“很久以前，我问自己最想要什么，发现我要的就是过好日子。过好日子需要钱，所以我立志努力赚钱！”

我这个朋友的确很拼，交际应酬毫不手软，该带客户去夜总会就去，该塞红包就塞，也的确把生意做得很大。

我也有一个艺术界的朋友，满脑子理想却口袋空空，而为了筹足资金出国去寻找灵感，不得不一次又一次降低自己的艺术追求去迎合商业需求，苦笑着与自己妥协。

他们两位互相认识，但私下都对彼此颇有微词。艺术家说生意人“没有理想”，生意人则说艺术家“只管赚钱”。其实他们两个都在忠于自己的目标，靠着自己的原则过日子，只不过各自都用“势利眼”在看对方。用第三者的眼光看，我不禁觉得双方都在五十步笑百步。

所以，我觉得在努力“忠于自我”之前，先得费心改变自己的势利眼。因为人生充满了必要的妥协，我们必须学会怜悯、宽容，不要因为片面的情况而对一个人下断言。其实抛开势利眼所造成的误解，我相信多数人都在忠于自己的生活。

我们都有难堪的秘密，需要勇气面对

有一天，我和同事们一起吃午餐，大家回忆起了初中的事情。其中一个同事说，她最不愿回忆的就是初中那段混乱的时期，因为她在初中的时候，曾经被人霸凌过，可是以前她一直觉得这是一件非常难以启齿的事情，她觉得那段时间很丢脸，也不想再回忆。于是这秘密藏在她心里的某个小盒子里面，被锁了起来；当别人提到和这件事相关的事情时，她就会刻意回避，甚至努力想要忘掉那段时间。

直到那天，她才第一次提起，是因为大家说初中的时候，自己也多多少少被人霸凌过，她才突然意识到，原本她揪着不放的心结，在大家看来，只是一件平常的事情，甚至另一位同事还说："啊呀，你搞得气氛这么紧张，我还以为你杀了一个人！"

当然这是在开玩笑，但其实很多时候，心里有些秘密，我们说出来，就释怀了！就像当初，我也是鼓起了很大的勇气，在《我是演说家》的舞台上，第一次分享了自己过去的一件糗事，也是一个从来没跟任何人说过的秘密。

那是在念大学的时候，有同学说："寿司店有卖不完的寿司，所以拿几盒应该没关系！"

我也觉得他说得蛮有道理，扔掉也是浪费，于是就偷了寿司，结果被警卫当场逮到，老板训了我一顿，告诉我说，那些是要捐出去给无家可归的街友们的晚餐！他也告诉我："你觉得自己聪明，但良心比聪明更重要！"

这件事情实在不堪回首，也埋在我心里很久，不过我一直认为寿司店老板的那句话，对我后来的发展有非常大的影响。是啊，我们都会觉得聪明很重要，但聪明加上野心，却是一个危险的组合！我们还是需要把"良心"放在首位，所以我选择分享了这个故事。直到节目播出前，我还是很紧张，也会有一点点后悔要讲这么丢脸的事情，但是节目播出后，我收到很多观众的来信，他们说谢谢我分享这个秘密，让他们更有勇气面对自以为难堪的过去。

那个时候，我才意识到，原来，有些秘密说出来还可以帮助更多的人。

所以，我也特别征求了同事的意见，把她受到霸凌的“秘密”分享给大家，希望让更多人能够意识到说出那些“难堪”的秘密，不仅可以让自己释然，还能帮助更多人：被霸凌不是他们的错，他们可以勇敢站出来，保护自己！

现在，我希望你也可以开始勇敢分享你的秘密。

也许那个秘密是你过去的一个错误，在漫长的时间里，让你经受了忏悔和愧疚，说出来能让你松一口气；也许那个秘密并不是你的错误，而你承受了伤害……

总之，我希望你所分享的秘密是让你有所成长，也能帮助更多人的秘密。

自我觉察自己的盲点

想象一下，有一天，你和朋友为了某件小事情意见不一致，一开始彼此都还能够很理性地说出自己的想法，但到后来，情绪上来了！你明显感觉到你们已经只是为了吵而吵，但也停不下来。你说："根本不算什么事啊！你干吗反应那么大?！"

朋友也说："你干吗反应那么大?！"

后来两人闹到不欢而散，好久都不联络。这种莫名其妙的事，是不是也曾经发生在你身上？当和别人争辩的时候，我们会很清楚地接收到对方的表情、语气、肢体动作等讯号，但是，我们不太会去注意"自己"的表情与声音，也不会去考虑我们自己的言行是否正在影响对方的情绪反应，这就容易酿成两败俱伤的局面。

我们平常能够察觉自己的言行举止是否会影响到别人，

但是当我们自己的情绪开始被激发起来的时候，我们会过度关注周遭环境的威胁性，包括对方的表情。而同时，我们自己的“自我察觉”能力就会越来越弱，我们反而无法察觉到，是否正是因为我们自己有了愤怒的表情，造成对方也有愤怒的表情。

我们好像在照镜子，但不知道自己在照镜子。

这是沟通上的一个大盲点啊！当我们生气的时候，站在面前的那个人，也许是你的伴侣，也许是你的伙伴，他们这时候可能就会看起来像一只张牙舞爪的老虎一样，不断对着你咆哮。

谁都不喜欢这种感觉，对吧？这时候，请你做一件事：

想象对方的脸是一面镜子，你正在照镜子，你是否发现，对方的面红耳赤，跟你自己的状态很相似？这时候，请你试试看，如果你可以让这个镜子里的自己冷静下来，你是否要先放松自己的表情，放轻自己的语气呢？

我有个朋友，他跟太太就常常因为同一件事发生争执。他说，有很多次，当老婆在跟他说话的时候，他脑海里想的却是工作上的事，明天开会要用的数据、这个月的报表还没交……太太发现他根本没有认真听的时候，就会非常生气，不断指责他：“你每次都不听！你到底有没有把我放在眼里？……”

我朋友告诉我，以前的他，听到这样的指责时总是很不开心，因为，他认为他并不是没有听，他甚至可以一字不漏地重复太太说的每一句话，但是每天为了工作忙得不可开交的时候还要听老婆碎碎念，实在让他觉得很烦。

所以，有段时间，他们经常因为有没有专心听这件事争吵，争吵当中也不断出现许多情绪性的字眼。直到有一天，他忽然意识到他们夫妻之间的沟通“盲点”就是：他认为自己没有不妥的地方，也从没注意到“是不是自己表现出的无所谓，甚至到后来觉得很烦的态度，才造成对方有这么大的反应”。

而当他开始有情绪的时候，太太说的每一句话都跟针一样刺人，反过来，他的声音和表情，在太太眼里也是一样。

这就是两人从原本的理性沟通，演变到后来一发不可收拾的原因。发现这个盲点后，他开始思考要如何用“具体行动”去改善。首先，他从自己的心态和行为上做调整。

工作重要，但太太对他而言更重要，所以就算再忙，也应该给自己几分钟时间好好听对方说话，给她应有的尊重。现在，当太太跟他说话的时候，他会放下手中所有的事，保持专注；当他又心不在焉、太太提醒他专心的时候，他也不会感到不满，反而很感谢太太帮他指正坏习惯，让他变得更好。

所以，“意识到自己的盲点”是相当重要的。更重要的，是不带任何防备心，而是“用同理心来调整自己的行为，降低争执发生的概率”。当然，也有人会想问，要如何减少盲点出现的频率呢？想要减少盲点的出现，最好的办法就是用身边的另一半或是他人的反应作为参照，对方，就是我们的一面镜子。

如果你认为对方很不讲理，那么我们应该问问自己，是不是也用了不好的态度或言语对待别人？你认为对方对你不够尊重的时候，或许也该扪心自问，是不是自己也曾经对别人说话的权利和想法不够尊重？你认为对方不够关心你的时候，请问问自己，是否自己也曾经对他疏于关心？如果你认为对方一直不理性地攻击你，也请先问问自己，是不是你也曾经对他有些负面观感，却没有提出来和他沟通呢？

在双向互动当中，找到盲点并调整自己的行为非常重要。当发现问题或发生争执的时候，一味去责怪别人并不能解决任何事，我们要学习的是：如何从对方的言语和行为反应中，找出自己平常没发现，但却可以调整的地方。就像每次开车之前，必须要调整车子的后视镜一样，如果没有做适度的调整，很可能就会产生视线死角，最后导致事故的发生。

用开放的心胸，花点心思，努力观察、调整自己与别人互动时的盲点。有盲点并不是坏事，反而是能让自己改变、成为更好的人的机会。

当我们习惯细心观察、虚心学习，开始愿意承认与改变自己的不足的时候，你会发现自己又前进了一大步，并且，也能更有效地完成自己心中的目标！

用你的善意摧毁对方的敌意

如果是对方觉得被你冒犯了，你怎么化解呢？跟你分享一个最近我看到的故事。各位都知道，美国人几乎都开车，在开车的时候时常会闹得不愉快，英文里有一个特别的词组“路怒”（Road Rage）就是形容这种情况的，它说的是你处在车阵中的时候会有的暴怒行为。这似乎已经是美国文化里不可避免的一部分了，好像大部分人都碰到过一些司机对他们伸中指，骂脏话，诸如此类非常不礼貌的行为。

有一位美国妈妈，开车载着她的五个小孩外出，我们可以想象一辆非常大的车，有五个小孩子在车上。途中，她要开车到麦当劳买一个 Drive Thru（得来速快餐），就是美国常见的那种快餐店，开车到一个窗口，点餐，然后再开到另外一个窗口去取餐。

正在她忙着给小孩分发食物的时候，突然后面发出巨大的喇叭声，把她跟孩子们都给吓到了。

这时，她抬头一看，后视镜中是一辆很大的双排座小货车，就是在美国中部常常看见的那种很高的卡车，上面有一个看起来非常愤怒的女司机，她看到这位女司机在后视镜里朝她伸出了中指。

这位妈妈这才惊觉，原来她在排队时前面的车子已经往前移动了，但是她可能一直在忙，所以就没有跟进。后来，这位妈妈很平静地先下车，虽然她的小孩们都哀求妈妈不要下车，不要跟人家吵起来。

她还是下了车，走到卡车的旁边。这时，卡车的窗子摇下，卡车里的女司机整个胸膛都鼓起来了，一副准备打架的样子！

当时，这位妈妈就对她说："真是不好意思，我不知道原来你这么赶时间，你要不要直接把车子开到我前面去？"

然后，这位原本很凶的女司机听到后就吓到了，她说："你说什么？"

这位妈妈重复道："我看到你显然是在赶时间，因为我车子上有五个小孩，你也知道，五个小孩饿起来的时候，点餐可能会花很长时间，准备这个餐点也需要很久，但我不想耽误你的时间，所以你要不就直接插队开到我们前面好了！”

这时候，这位原本很愤怒的女司机，马上缩回去了，说：“不用！”

这个妈妈接着说：“可是刚才不是你在按喇叭吗？”

这位女司机又说：“那是不小心按到的。”

于是，当这位母亲走回车上的时候，女儿问她：“妈妈，刚才那个人为什么说她是不小心按到喇叭呢？她显然不是不小心啊！”

这位母亲就说：“那是因为刚才我用我的善意摧毁了她的敌意，所以她一时不知道该怎么回答，我们接受她这个说法吧！”

你看，这是一个多么充满智慧、多么高情商的故事！跟你分享这则小故事，希望可以给你一些生活的感触，当你可能无意间冒犯了别人，使对方不快的时候，或许你可以想，我们可以用善意来摧毁对方的敌意。

你的朋友圈，够老还是够新

你现在的朋友圈，是上学时的老友居多，还是工作后的新朋友较多？有位朋友说感觉自己的好朋友都是上学期间认识的，而且越是往前越亲一些。比如初高中的朋友就比大学的朋友更亲近。而毕业之后就再也找不到可以交心的朋友了，这是怎么回事？难道进入社会，我们就再也难以建立起真正的友情了吗？

我倒不这么认为。我有不少相当好的朋友，都是成年之后才认识的。我们常常觉得上学期间乃至童年时的朋友，感情会更加纯粹，也更持久，很大一部分原因是我们共度了一段漫长的成长时光，其中有快乐，有挫折，有一起面对一轮轮考试的“战斗友谊”。

在这个过程中，大家都没有什么利益纠葛，也都很年轻，更像是在一起“玩乐”，因而，友谊是在一种有点散漫又有一些目标的状况下，从 0 到 1 自然长出来的，加上青春期的那些深刻的“共同记忆”，我们就会觉得那些友谊真的是非常美好，也非常持久。

而工作之后，我们和人打交道，更多的是为了某个目的而聚到一起，有着明确的诉求，所以当一天的工作结束，离开工作环境，不讨论工作的话，你就会发现彼此的交集就没有那么多了，没有太多话题可以聊，更别说发展出一份无话不谈的友谊了。

但你有没有发现，这样的情况，在我们过去的友谊里也会发生？老友多年未见，或者圈子越来越不同，彼此之间的共同话题自然会变少，同学聚会也往往变成怀旧聚会，难以发展出新的“共同回忆”。

所以，能够建立并维系一份长久友谊的关键点，其实在于我们要做一件共同参与、在其中共同成长、没什么利益关系且足够持久的事。

友情对我们的心理建设很重要。如果你觉得现在的朋友圈子有点局限，想要做一些突破，希望遇到能交心的朋友，我建议你多去做一些你喜欢的也没有什么功利性目的的事情。

比如为了自己的某个爱好去参加培训班，寻找兴趣相同的社团，然后在这个兴趣圈子里，无论从线上还是线下，去寻找那些和你有共同语言，也能玩到一起的朋友。

基于长期兴趣的交往，你会筛选和建立起更加持久的社交关系。你可能因此会认识一些相当好的朋友，同时也不必猜测和担心彼此之间的利益关系。

我相信，通过这种方法建立起来的朋友圈，不能说一定会通往真正的友谊，但其中蕴含着在你成年后还能遇到至交好友的更多可能性。你觉得呢？

君子之交淡如水

我有一群好友，我们八个人会固定在每月的最后一个周五一起吃晚餐。我们背景都很不相同，外人一定搞不懂我们之间的交情，不过说实在的，我们自己也搞不懂，但也不需要搞懂，我们只是喜欢在一起聊天，虽然有时也会抬杠。

像某年，圣诞前夕，其中一位无神论者说他最近跟自己的小女儿说“世界上没圣诞老人这回事”，当场被另一个朋友痛批。“小孩子有拥有梦想的权利！”他说。“小孩有知道真相的权利！”当事人反驳。我们其他人没打圆场，一边看热闹，一边见缝插针地搞笑调侃。

这正是我们相处的缩影。无论辩论多激烈，讲完大家还是哈哈一笑。我们都知道彼此的底线，也喜欢对方跟我们那么不同。古人说“君子之交淡如水，小人之交甘若醴”，引申来说就是男人之间的友情是思想、感情上的交流，像水般纯净，又不伎不求，彼此间当然会互相批评，也常会辩驳，但这却代表着能在朋友关系中做很纯粹的自己。

朋友做久了，当然会关心彼此的生活，偶尔帮帮忙。几次借钱给朋友，我都没指望收回来，因为我相信坚持“不要把你失之不得的东西借给别人”，才能让自己舒服，感觉不舒服就别答应。换个角度想：若真是朋友，即使拒绝，他也能理解，特别是一大笔钱，而真正的朋友不需要你开口，要借钱就应当把真相讲得清清楚楚。

另一个底线：无论交情多好，我都不会为人作保，也不会要别人为我作保。我们八个人经济状况很不同，有的收入很高，有的生活勉强可以，虽然聚会时没人会讨论这事。其中一位朋友收支有点紧，所以他小孩儿出生的时候，我们很主动地把家里的宝宝用品塞给他，让他几乎不用花钱再买。有时候，他打电话来闲聊，我讲到今天要去哪儿办什么事，他就会说他刚好在那儿附近，便帮我处理了，但后来才发现，他的“刚刚好”，其实是绕了很远的路。这就是他的回报方式，我们彼此都不点破。

另一个朋友一份没起色的工作做了好几年，大家都知道他非常辛苦，但也顶多听他吐苦水，没人叫他换工作。大家都成年了，自己的问题自己解决，不需要朋友给什么高见，但我们都会记在心里。很幸运的是，后来我认识的一个老板在找高级主管，一听刚好合适，我赶紧推荐朋友，因为我相信没有人比他更能胜任那个工作。结果他不但被录用，去了新公司还如鱼得水，那个总经理后来还请我吃饭，感谢我的介绍。这事没花一毛钱，大家都赢，我现在想到都开心。这是朋友最能帮助彼此的地方。

朋友会涉入彼此的生活，但分寸非常重要，犯不着把哥们儿扯进家庭关系。朋友间少不了喝喝小酒，看到美女多瞧几眼，讲些不规矩的话，但也就到此为止。如果有朋友搞外遇包小三的话，我们不希望他蠢到介绍给我们认识，宁可知道得越少越好。当然，真正的好兄弟不得已要我们帮他们掩饰，我们可能也不会拒绝。但是为了小三而把朋友拖下水，这跟因嗜赌而向朋友借钱一样糟糕。

女人的问题其实毁了很多朋友的关系，幸运的是，还没有发生在我们这个有六个已婚男人的朋友群中。可能正是因为我们虽然很熟，却始终不让彼此熟到那种地步的缘故。

对逐渐步入 40 岁的男人而言，好朋友实在重要，除了事业、家庭，这就是第三条腿了，有了它，人生才会走得稳。但我逐渐体会到“淡如水”的意思：真正的朋友，其实不需要总是为彼此做什么，光是知道有那些人在，到了月底会见面瞎聊，放在心头有一种温暖，就够了！

谁是对你影响最大的人

人生中，哪位老师对你影响最大呢？

在我的意识中，几乎遇到的每一位老师，都对我的人生有所影响，但具体哪一位最大，还真的很难去量化。

因为并不是所有老师都是所谓的好老师，就是那种会督促你学习，让你功课变得更好的老师。相反，他可能有一身的毛病，但却在某一个重要的关键点上，为你提供了决定性的帮助。

就像我在美国的一位数学老师，从小学到初中，我一共跟随她学习了有三年时间。这位女老师大概有 120 公斤重吧！四十几岁，单身，烫着一头卷发，体形大，嗓门也大，骂起学生来也很有劲儿。

这位老师并非是最有耐心的，也并非是最懂得教育的，但她多做了一个举动，就是在课后把当时班上数学比较好的学生单独留下来做辅导，让我们可以接受更有难度的习题挑战。我记得当时一共有六个同学被留下来，我是其中唯一一个男生，六位里面还有班花，所以我当时还挺开心的。

因为那时爸妈都要上班，没法来学校接我，所以每一次辅导结束后，这位老师还会亲自开车送我回家。她的车是一台老古董，里面塞满了各种乱七八糟的垃圾和杂物。我每次都得先把那些快餐店的餐盒啊，薯条啊，拨到一边去，才能找到一个空位坐下来。

而这位老师一坐进车里，就整个变了个人似的。车子一开出学校，她就掏出香烟，一根接一根地抽。窗户摇下，大声放着她喜欢的那些20世纪五六十年代的老摇滚。每当路上有车子不遵守交通规则，或者突然切到她的车前面时，她就会把头伸出窗，破口大骂，各种国骂都用上了。

如果是今天的我，遇到这样一位老师，我可能会想办法开导她，她可能平时太过压抑，心里有很多愤懑。但那时候，我还是个小屁孩，所以只能呆坐在那儿，什么也不敢说。

这样一位老师，你觉得对我的影响会是什么？她在学校里确实非常认真，但她教会了我们更多吗？其实也没有。她只不过每次都多花费一些时间，为我们做辅导，然后送我回家。但就在我初中毕业，即将升高中时，我父母接到校长的电话，建议我去考史岱文森高中。我们都有点诧异，要知道，我住在纽约郊区，那儿是没有人想去考史岱文森的，都是就近读高中。

后来才知道，是这位数学老师强力建议校长，让我去试一试，然后校长才给我家打了电话。或许，她可能在我身上看到了更多的潜力，有一些爱才之心，所以才这样做的，但之前，我都不知道她对我有这样的期待。

后来的故事，就是我真的考上了史岱文森，然后从那里又申请进了哈佛。而这次选择，也确实改变了我的一生。

我至今都非常感谢这位老师。她并非那种一般意义上的“优秀教师”，从一个普通人的角度看，可能她也不会特别招人喜欢，但就是她给了我肯定、信任，和迈向更大世界的机会。

所以，你说“影响”这件事，要如何来界定呢？或许，在我们人生的很多时刻，都有一些注意不到，但却起了关键作用的人和事，一个个连接起来，推着我们走到了现在的人生。

就让我们回想一下过去，向这些藏在幕后且不完美的英雄致敬吧！

我们常吵，但对彼此都好

每次跟朋友们谈感情问题，我最怕听到的一句话就是“他对我很好”。

“好在哪里？”追着问，会听到各种理由：“无论我去哪里，他都会接送。”“我累的时候，他给我按摩。”“他很照顾我的父母。”“他纵容我的坏脾气。”“他对猫毛过敏，我养猫，他还是忍着自己的不舒服来陪我。”

我听过各式各样的回答，几乎全都是“顺”的。但这么多年来，我几乎从来没听过有人这么回答：“他对我很好，因为他会跟我辩论，挑战我的想法。”或“他对我很好，因为他会激励我，帮我改掉坏习惯”。

差别在哪里？翻译成英文，常听到的理由是 He (she) is good to me（他 / 她对我好）；鲜少听到的理由则是 He (she) is good for me（他 / 她是为我好）。

一个真正对你好的人，最在意的应该是什么会对你好，但往往 good for you(为你好) 的事情，是“逆”着来的，是会让你不舒服的。

刚认识的时候，我们很少会给彼此挑战。热恋期的自己绝对不是真正的自己；我们想讨好对方，努力展现自己最“光明磊落”的一面。要交往一段时间，达到了相当程度的稳定和信任后，才会逐渐把自己的原形展露出来。

“奇怪，以前去他家都很整洁，怎么同居之后变得那么邋遢？”

嗯，你有没有想过，说不定他以前都在你过来前，赶紧打扫？

“奇怪，刚交往的时候他很 open（包容），怎么后来占有欲那么强?!”

嗯，那说不定是因为他起初知道自己“不得不”表现得很包容。

随着与爱人的亲密度增加，我们也都像洋葱一样，随着衣服层层落在床边，也把保护色和面具一一拆下，内心的不安、旧伤、劣根性逐渐暴露。

在这时候，我们也都面临一个选择：要不要把握这次机会，做些改变？

如果你知道自己有问题，也希望能够改变，那你最需要的不是一个什么都顺着你，什么都默默支持你，纵容你的脾气和习性的人。

你需要的是一个舍得挑战你，勇于跟你争辩，不惜牺牲和平，但却能让你改进的对象。

像我的朋友琳达，为了帮助老公戒酒，使尽了各种沟通方法和手段，她监控他的社交应酬，几乎成了谍对谍的状态，差一点闹到离婚，但她坚持了下来，最终赢得了更稳定的婚姻。

“我大可以睁只眼，闭只眼，反正家里的钱都是我管，其实我自己可以过得很好。”她说，“但是，我选择了与他冲突，因为他自己曾经对我说过一句话。”

“什么话？”

“他曾经跟我说：‘其实，我也不想喝了。’”

这是重点！自己的缺点，只有自己可以改变，但当你缺乏动力、对自己食言的时候，真正爱你的人不会轻易放你一马。他们会冒着自己被嫌弃、被怪罪、被讨厌的风险，挑战你，就凭你曾经说过那么一句：“我想要变得更好。”

我们都很容易被自己的镜像所诱惑，尤其遇见一个与自己价值观完全相同的对象时，会欣喜若狂地觉得找到了灵魂伴侣。或许这种契合的感觉很棒，也很容易被认为是爱，但其中也隐藏着风险。

另一个朋友尼克就这么形容："以前我爸还会制衡我妈的立场，但不晓得他现在是老了、太爱她了，还是得过且过了，他现在只顺着我妈，两个人越来越偏激，完全脱离了现实，无法沟通了！"

请不要认为找个凡事都跟你一个鼻孔出气、什么事情都站在你一边的人对你是好事。他可能对你好，但也使你的成长停滞。两个真正在乎彼此的人，能够挑战彼此的错误观点，指出彼此的缺点，甚至适时在对方过度"自我感觉良好"时浇点现实的水，为的是让自己所在乎的人，不要败在傲慢陷阱中。

当然，这并不表示我们要去找那些刻意唱反调的人，对方的初心很重要。有些人为了辩而辩，甚至不惜强辩。有些人扯你后腿，只是为了展现他们自己的优越。更糟糕的是，有些人还会以"为你好"的名义浇熄你的梦想，打击你的信心，让你觉得只有他的肯定才是真正的肯定……这种人有可能是控制狂或自恋狂，你必须离他们远远的。

但如何分辨呢？好问题！我有两个建议：

一、你可以问他："你干吗这么在意这件事？"然后静静地听他解释。他是真的为你着想、为了你们两个好，还是只想证明自己是对的？仔细地听，两者有明显的差别。

二、他，有没有也因你而改变？

自恋者和控制狂只想改变别人，而其实两个真正在乎彼此的人，都会为对方做出一些妥协。就好比你是理想家，他是务实派，你讲的梦想让他翻白眼，他说的计划你觉得太短视，但说不定最好的规划，是既有梦想成分，也会考虑现实层面。你们都往彼此的方向踏一步，反而更稳。

有句话说：“在最好的交易中，双方都会觉得自己被占了点便宜。”其实感情也一样。也许你们有摩擦，但你发现观点的碰撞让你想得更周到；也许他会挑战你，但你因此有了进步，然后你也不示弱地还以颜色，把他推出了舒适圈，不知不觉之中，你们都改变了，而且变得更好！这时候，你或许会说：

“我们常吵，但对彼此好。”

听到这句话，我会祝福你！

对话是学习，不是角力

最近跟一群老友聚会，大家许久不见，但都还是老样子。其中有一位最爱抢话的朋友，也还是老样子。有人说自己最近很忙，这个朋友就说："我跟你讲，我最近忙到什么疯狂的地步……"

有人开始谈虚拟货币，这位朋友就说："我跟你讲，crypto（加密数字货币）没搞头啦！我三年前就知道啦！"

我谈到最近远程管理团队的挑战，这位仁兄又插嘴："我的团队分散在十几个不同的地方，管理他们从来不是问题！"他大概想我接下来会问："哦？那你是怎么管理团队的？"但我偏偏没有，于是话题就悬在那儿了。全桌安静了片刻，然后这位朋友又继续发表意见。

他很爱聊天，但我不认为他是个很好的对话者。

一桌老朋友认识那么多年，虽然不会介意恭贺彼此的功成名就，但我们更希望分享目前的人生挑战，谈论生活上碰到的痛点，并通过交流来给彼此安慰打气，提供建言。但有人总爱把话说得很有自信，像他什么都早已经摸通搞清楚了一样。听他说话是一场演讲，但我们想要的是一个对话。

真正的对话，应该跟思考的过程一样。我们思考一个问题时，基本上就是在与自己进行一场对话。我们心中需要维持两种不同的观点，有时还得扮演正反两面，并在其中尽可能保持客观，这是相当困难的，所以在这种时候，我们尤其需要找朋友来对话。

跟朋友们对话的好处，就是能一起探讨一个问题。有时候，朋友可以是你的战友，跟你一个鼻孔出气。有时候，朋友可能担任“魔鬼辩护者”，挑战你的立场，以便让你看出自己的盲点所在。然后改天，或是换个话题，双方的角色就会调换。真正的对谈，是理性与感性兼具的交流。

即使是孩子，也会这么做。我最近在社会评论家乔丹·彼得森的《12 条生活规则》一书中读到了一个例子：有个孩子跟朋友们提议要去屋顶上玩耍，有朋友指出这个想法的危险性，接下来的对话，让这个孩子听到了其他意见，进而做出了更明智的决定。这种意见交流，就是我们成长中很重要的社会化过程。

然而，有的对话方式不是这样。这种方式会把每一次交谈当成一次竞争角力，一场需要赢的比赛。这样的对话不是为了讨论，而是为了验证自己的立场是对的。这样的对话，你会觉得对方似乎没听你说什么，而是在想自己接下来要说什么。这种对话，更像单向沟通，表面上是在“交流”，但你会觉得是对方在“对你说话”，而不是与你对话。

习惯用这种对话方式的人很自大自私吗？也不一定。像我这位爱插话的老友，其实是个相当热心的人。他很有正义感，也很愿意为朋友们撑腰，有时候还会在社交平台上跟陌生人打笔仗。也许他太好斗了，或是太习惯当老大了，以至于每个朋友的问题对他来说都不是个事儿，而他处理事儿的习惯就是先摆出强势的态度：“我跟你讲，这种事我见多了！……”

其实，老友们都知道，他也有自己的生活难题，私下还会为他担心，但他自己不开口，我们当然也不好意思多问。他是个好人，只是太爱面子。

我希望自己能够与人有更多坦诚的对话。我知道自己有些时候也会过于强势，尤其当年纪大了，辈分高了的时候，越来越多人把我们当成答案提供者，而非真正对话的对象时，我们更是需要提醒自己：多听一些，少说一些。在发表意见之前，先停下来问问对方："那你怎么觉得呢？"也许因为多问了一个问题，我们能听到意想不到的答案，也许因为考虑了不同的意见，我们放宽了自己的视野。我们应该带着学习的态度交谈，不需要展现自己的博学多闻。我们不一定能跟每一个人聊出真理，但最起码对话能让我们表达真情。朋友之间有了真情，也就足矣！

把陌生人变成朋友：友谊公式

人际关系，是复杂又不理性的，有些人一拍即合，有些人天生冤家。但在懂得运用心理学的人眼里，是否能够成为朋友，甚至发展出感情，甚至可以用一套公式来衡量！

这套公式来自前FBI（美国联邦调查局）探员，也是心理学者的杰克·谢弗（Jack Schafer），以及知名人际关系顾问和作家马文·卡林斯（Marvin Karlins）合著的一本畅销书《把陌生人变成朋友》（*The Like Switch*）。

虽然不能称其为一套学术公式，但用在实际生活中，还是挺厉害的。美国的情报员还曾经运用这套方法，成功结识了其他国家的外交官，获得了情报。这听起来有点像是心理战术，但就像一把刀可以是一个工具，也可以是一种武器一样，就看使用者用它来做什么。我认为这个所谓的公式，其实就是一个知识框架，帮助你理解跟一个人认识的过程中需要注意的几个重点。这个友谊公式，一共有四个要素：

友谊 = 彼此之间的距离 + 接触频率 + 相处时间的长度 + 互动的强度。

让我来一一解释：

第一点，彼此之间的距离。

宋代有句诗："近水楼台先得月，向阳花木易为春"，意思就是：越靠近，越有可能获得接近优势。实体的距离元素（physical proximity）在人际关系上也是很重要的，如果说"见面三分情"，那光是"见到"，也有个半分。如果你有想要认识的对象，就想办法进入他的视线范围。你或许觉得他没有注意到你，不用担心，也不要一直跟踪对方，让他觉得你是个威胁，能够处在同一个空间里，就是一个开始。

第二，接触频率。

指的是对方在一段时间内看到你的次数，而这个次数要多少呢？基本上，越多越好。这是因为人对于他人的面孔，就像对任何新鲜事物一样，一旦不把对方视为威胁，就会开始习惯，而习惯了之后再多接触，就会逐渐喜欢。

这是行为心理学中被证实的心理现象，叫作“单纯曝光效应”（Mere Exposure Effect）。为什么叫“单纯曝光效应”呢？因为在原先的实验中，学者们发现，光是接触的次数，就与好感成正比，也就是说，你什么事情都不做，单纯增加你的能见度，就会让人喜欢上你。

最明显的例子就是流行音乐了。一首流行乐曲刚发行的时候，第一次听，你可能没什么感觉，但第二次，第三次，当不管上厕所，逛百货公司，还是搭公交车都能听到这首歌的时候，你就会不知不觉地哼起这首歌，也会不知不觉地喜欢上这首歌。这就是“单纯曝光效应”的威力。

我个人就有个印象很深的例子，也就是前一阵子超红的 *Despacito* 这首歌。一开始我不仅对之无感，反而还相当反感，觉得编曲唱腔都很俗气。但去年一整个夏天，我在美国听了不下一百次之后，回到亚洲，第一次在收音机上听到的时候，我竟然开心地跟着跳了起来！

这也就是为什么许多明星刚出道还默默无名的时候，要多上节目，让人有多次见到他们面孔的机会。即便他们的表现不出色，没留下特别印象，但观众见到的次数越多，也就越容易喜欢他们。所以，在友谊公式中，露脸的次数是绝对必要的。你一定要定期出现，让对方经常看到你。

撇开其他因素，光是这一点就会增加成为朋友的机会。

第三点，相处时间的长度。

前面所提的距离也好，频率也罢，固然重要，但你也要在对方面前出现够长的时间，才能化解一开始的陌生和尴尬。这也就是为什么“闲聊”甚至“尬聊”都比“不聊”来得好。

相处的时间长度，也受“单纯曝光效应”的影响。《把陌生人变成朋友》这本书的作者就分享过一个他自己在 FBI 工作时的案例：有一次，他被指派去审问一个被逮捕的俄国间谍。跟这个间谍接触过的许多调查员都失败了，因为这个间谍冷漠无情，不跟任何人互动。杰克面对这个顽强间谍的方法，就是每天早餐时间，到这个间谍被铐起来的小房间，坐在他面前的位置，不发一言地看报纸。时间一到，他也不发一言，把报纸叠好，然后离开。就这样一日又一日，过了几周之后，这个间谍终于在某一天问他：“你为什么每天都来这里？”杰克回答：“因为我想和你谈谈。”然后他继续看报纸，看完之后，又直接离开。隔天，当杰克再来看报纸的时候，这位间谍就主动说：“我想和你谈谈。”然后，杰克就顺利地从间谍口中获得了情报。

当然，我们一般人不会有这种耐心，但我们可以从这个故事中借鉴的一点是：想要与一个人交朋友，必须两厢情愿，如果对方还没准备好，你也不要太过于积极。只要能够让对方习惯与你在一个空间里相处，就会更容易让对方卸下心防，甚至勾起对方的好奇心和好感。

第四点，互动的强度。

要是你成功通过前三个方法让别人对你产生了好奇心，那你还能做什么呢？所谓“互动的强度”，就是你通过语言与非语言和对方进行的互动强度，是否给对方留下了好感。通过肢体语言，你甚至一句话都不用说，就可以传递出好感的讯号：

首先，就是眼神接触。开始交谈之前，眼神接触的频率要高，但时间要短，如果两个人不认识，超过一秒以上的眼神接触，很容易让对方感到不安。但当你们开始交谈的时候，眼神接触的时间要拉长，多长呢？建议是，当你在听对方说话的时候，至少要有七成的时间看着对方的眼睛。那剩下的三成时间呢？你可以往左右边的上角看，这样可以传递出你在思考对方说的话的讯息，也比往下看显得更有自信。

其次，你见到对方的时候，可以轻轻抬一下自己的眉毛。是的！人类学家发现，这种很快速的挑动眉毛

（eyebrow flash）是无论世界哪个国家、哪个民族，见到熟人时都会有的下意识动作，它时间非常短，大概在六分之一秒左右，传出的讯号就是：“我认识你，你好！”而如果对方也回应相同的讯号，就表示：我们不是敌人。

要怎么运用这个技巧呢？你只要在和对方进行眼神接触的时候，微微抬下眉毛，就可以了！这个动作的要点其实不是要眉毛挑得多高，你只要让眼睛睁大一点点，眉毛也就自然而然会轻轻抬起了。

接着，注意肢体动作的第三点就是，你可以微微倾斜你的头。在日剧当中，甜美的女主角向男主角撒娇的时候，常常会歪着头，对吧？不只是女生，其实男生也会，只是动作稍微小一点儿。歪头这个动作，是一个很强烈的友善讯号。你在跟人谈话的时候，微微地倾斜你的头，只要五度，对方的潜意识就会注意到，这也很容易让别人感觉你更值得信任，更具吸引力。角度不要太大，不然人家可能会以为你落枕了！

再来，表达友善最好的讯号，就是微微地笑。微笑是一个强大的友好讯号，也是最容易被注意到的，但太刻意，看起来就很像假笑，人的大脑能够下意识地判断一个人是真心地微笑还是假笑。所以，要笑得自然，可能需要刻意练习！你可以请朋友帮你拍照，首先，拍一张假笑，然后，在再次拍照前，请你先去回想一次很开心的经历，或上一次你听到的一个好笑的笑话，然后再微笑拍照。比较两张照片，你就能看出差别了。之后你就可以依照后面拍的照片，在镜子前面练习，让这样的笑容变成一种自然的肌肉记忆，而且不要担心牙齿乱或自己笑起来不好看。相信我，唯一真正在意笑起来好不好看的，就是你自己，笑一下，就对了！

好的，我今天介绍了杰克·谢弗和马文·卡林斯提出的友谊公式，善用这公式的四个主要元素，你就有机会让陌生人对你有好感，认识你想认识的人。当然，里面的比重调配，什么时候该近，什么时候要给人一点儿空间，就要让你自己的经验和当下的感觉告诉你了。

总而言之，请你把握距离、频率和相处时间，再用肢体语言，如眼神接触、轻抬眉毛、倾斜头部、微笑，向对方传递友好的讯息，增加好感度。

第五章

职场中的平衡：

追逐中的角逐和扶持

无所求，才会无所不有

有一句话是这样说的：你必须要非常努力，才能看起来毫不费力。不过，你是不是也有过这种时候，总觉得自己不管再怎么努力，也无法实现目标？有时可能有不可抗力的因素，可有时是不是又会怀疑是自己能力不足，才导致自己看起来好像很“失败”呢？

我的一个朋友，最近就来跟我哭诉。他在一家外资公司上班，每天在岗位上兢兢业业，竭力表现，而他做的也没有不好，提案总是能获得老板称赞。但是，有一天，部门里来了一位新职员，结果竟然做着做着就升职调到国外的部门上班了！而他，还在同一个位子上做同一份工作。

的确，我们周遭充满了许多再怎么努力也都徒劳无功的事。有人考公务员怎么也考不上，有人不管怎么减肥都没有效果，也有些人选择出来自己创业却失败……人生就是这样，甚至有时候我们越追求，就越得不到。碰到这样的人生低谷时，除了自怨自艾，我们还能用什么方式，让自己不被低潮淹没呢？

当你遇到这样的情况，我想先请你和自己对话。

首先，如果你已经尽力了，努力过了，请你先告诉自己：你，也付出了不少努力！

因为努力，也是多么不容易的一件事。努力，是因为你知道自己想要追求的东西是什么，并且，你付出了行动去追寻你想要的目标。有多少人连自己想要的是什么都不知道，每天浑浑噩噩过日子！我想请你给努力过的自己鼓掌，因为这很值得鼓励。

第二，我想请你试着接受。

如果你已经费尽心力，事情却依旧没往你希望的方向发展的话，那么，就请你从心底里接受吧！因为我们不能改变外在的环境和别人的想法，我们能做的，是调整好自己的心态。如果事情真的不能如我们所愿，不如就接受它，转个弯，才有更多的选择。当你发现自己再怎么汲汲营营，也实现不了理想的时候，请你放宽心，试着接受它，别把自己逼得太紧，也别想着要改变别人。

第三，我想请你把目光放长远。

有时，我们只专注在眼前的事情上，却忽略了长远的发展。例如一开始说的我的那位朋友，当时他觉得自己明明就不比别人差，凭什么别人比他先升职？不过，当他试着放宽心，厘清自己的角色，并持续自信地在自己感兴趣的岗位上发挥作用的时候，他的能力也会被更多人看见，甚至老板也会注意到他其实有某些意想不到的能力！

对吧？当我们把自己的心态放轻松了，持续在自己的领域发挥专长，也许，有许多你想都没想过的机会就送上门来了！因为当你自己的目标明确的时候，你就不会为过去的得失而在负面情绪中空转，你也更能够察觉到那些真正对你长期发展有帮助的人和事物。

这就是一个格局的概念。你自己的格局放大了，你的好运雷达也会跟着放大。这也是所谓的：当你无所求时，你才会无所不有。现在我们知道，不是你完全无欲无求，而是你不再跟你的内心继续打架。学会放下，放得下之前的，才拿得起后面的。

每个人都可能是贵人

有时候，一时的吃亏，多年后你会发现反而可能是福报。我做 DJ（唱片节目主持人）已经二十多年了，从波士顿的学生时期开始，后来到纽约。在当时的 DJ 圈，许多很努力但没有成名的职业小牌 DJ 都会认识或间接认识一些已经出头的“大牌 DJ”。

2002 年，我刚回到台北工作时，有一位台北夜店老板就希望通过我在纽约的关系，邀请一名大牌 DJ 到他的店里打碟。当时，以这位老板所经营的夜店规模来讲，这是不太可能的，但这位大牌 DJ 的徒弟刚好就是我的好友，所以，这个老板就希望我说服朋友，请他再说服他的师父来台湾，并许诺下次会专程邀请我的朋友来台演出。看在这份人情上，那位大牌 DJ 接受了邀请，来到台湾表演，当时也确实相当轰动。

后来，这个老板又希望我的朋友再邀请另外一个大牌DJ来台。我就说："你不是讲好了要邀请我的朋友吗？"他说："是啊，就请他再帮这次忙，然后我再请他与其他的DJ拼在一起，做一个多城市的巡回演出。"凭他这句话，我的朋友又说服了另外一个大咖过来，也让这个夜店打出了一番名声。

但这个夜店老板获得了好处，却始终没有兑现他的诺言，后来甚至还有些款项的纠纷，连大牌DJ的经纪人也感到不爽。

这些事传到了我的朋友的耳朵里，这使得一直想要来台湾表演的他对我非常愤怒。我严重得罪了一个朋友，也因此跟这个夜店老板断绝了往来。

然而，五年后的某一天，我在家里突然接到这个老板的电话，他说："嘿，在忙吗？有件事情想找你聊一聊，可不可以来店里？"我心想，这么多年之后，你居然还有脸来找我？但出于好奇，我还是去了，心里面还有那么一丝希望——说不定能拿回他欠我许久的费用。

想得太好，我并没有拿到费用。不过，他倒是介绍了一位朋友给我认识。

这位朋友是个活动公司老板，正在筹划一个跟电子舞曲有关的项目，希望找人合作。虽然后来这个合作并没有谈成，但这个活动公司的老板同时找来了一位音乐制作人，而这位制作人听了我的作品后，还特别跑到我的小音乐工作室，跟我聊了一个下午，并给了我一些很宝贵的专业意见。

这位音乐制作人是谁呢？他就是大名鼎鼎的王治平老师（歌手王若琳的父亲）。王老师是华研唱片的资深 A&R（艺术和曲目）总监，也是许多歌唱比赛节目的评审，更是两岸音乐圈非常让人尊敬的一位前辈。他亲手打造的艺人，包括 SHE、林宥嘉、早期的大小 S，还有歌王陶喆。后来我跟王老师成了朋友，他也陆续介绍我做了一些非常棒的音乐制作案，包括帮“台北故宫博物院”做动画的配乐等。

而有一次在王老师的生日聚会上，我也认识了他提拔过的最著名的音乐人：陶喆。

陶喆跟我的背景很接近。我们两人都在美国长大，都在大学里主修心理系，都玩音乐，而且也都热爱电影，真可以说是一拍即合，我们两人后来常常聚会。

有一次，经过我住的老家时，我指着小时候住的那栋楼给他看。他说：“不会吧？！我以前也住这里！”后来，我们才发现我们两人小时候竟然还是邻居，住在同一栋大楼，说不定还曾经在电梯里碰过面呢！当然，我们不可能记得那么久以前的事情，但没想到多年后能够在此结识，并成为好朋友。

缘分，真是奇妙啊！后来我还曾经在陶喆的巡回演唱会中担任音乐嘉宾，与他同台演出。

当我回溯这一连串的巧妙关系时，我想，如果那位夜店老板没有摆我一道，欠了我一份人情，说不定也不会介绍我认识他的朋友，而我可能到现在也不会认识王治平老师和陶喆。即便是在聚会上有人介绍，大概也就只会寒暄几句，不会有这样的熟识机会。

虽然当年担任DJ经纪的佣金一直都没拿到，虽然害我向纽约的朋友赔罪了好几年，但我后来的获益，远超过了当年吃的亏，这不仅让我能与歌王一起巡回演出，还让我多了两个好朋友。这个夜店老板，何尝不是我的贵人呢！

所以，谁能说什么是真正的吃亏呢？

年轻时我父亲就曾经跟我说："每个人都可能是贵人。"当时我解读为"每个人都可能对自己有所帮助"。

最近跟父亲聊天，又听他这么说，但这时我懂了：每个人，确实都可能是贵人。唯有放宽心，给他时间，让这一连串的缘分徐徐而来。

体谅别人，为难自己

上周，有位朋友和我分享了他的经历，希望我给出建议。这位朋友是个平面设计师，原本在一家设计公司做得很开心，现在却苦不堪言。原来，他的部门近期人事调动，团队调来了个新同事。那位同事总想着要讨好主管，好在年底的时候争取升迁，所以很多不合理的项目都一股脑儿地答应下来了。

“他总是走过来说：‘帮我设计个海报吧！简单点就好，不碍事吧？’但他不知道，海报设计视觉上要突出又协调，我要花的时间是他想象中的两倍不止！”朋友抱怨说，“一次、两次帮忙，我倒没什么，但已经好几次了！我自己原本的设计都要加班才能完成，好累！”

包括我在内，也有不少人劝过他好好拒绝对方并说出自己的难处，不然这样一直加班也不是办法。

只见他露出更苦恼的表情："但我一想到他是为了工作请我帮忙，就不好意思拒绝啊！而且，如果我直接拒绝了，那场景会有多尴尬？"

在职场上，这样的状况并不罕见：自己明明已经很忙了，但同事突然有事请你帮忙，我们或许常因为不好意思拒绝，就硬着头皮答应下来了，结果，反而耽误了自己手上的工作。事后感到懊恼之余，可能还会气自己有些懦弱，为何连一个"不"字都说不出口！

为什么说出拒绝的话，对我们来说这么难呢？

作为一个普通人，我们大多数人都需要被群体接纳，从而建立起归属感，发展出我们在社会中的身份与位置。因此，我们难以拒绝他人，有时是想避免生活中和他人的冲突和僵局，并且希望能够被喜欢的人所接纳。另外，有些时候，我们则是因为想到对方可能会非常失望，而不忍心拒绝。但现实是，我们的精神与体力都是有限的，不可能满足所有人的需求。

苹果计算机创办人乔布斯曾在接受美国《商业周刊》访谈时，说过这样一句话，大意是：只有学会说不，你才能专注在那些真正重要的事情上。这说明，要想获得任何职业或生活层面上的成功，我们不能一味地 say yes（说

“是”)，懂得拒绝是让我们能专注于真正重要的任务的关键。那要如何委婉、不让彼此尴尬地说“不”呢？在这里，我提供给有这类困扰的朋友一个“婉拒四步骤”：

第一步：停顿。

对方说出一个让你为难的要求时，我们可以运用表情和一些语气词来回应。比如，做沉思状，并且发出“嗯——”的声音，停顿至少三秒再回答。这时候，大部分人都会隐隐感受到你不是那么方便，甚至有些困难。而这样的开场，也可以让你有时间去思考自己的状况，并酝酿接下来的话。

第二步：让对方知道你理解他的处境。

如果你面对的是一个你想与之维持良好关系的人，而对方平常为人也不错，只是这个请求来得不是时候，那你可以用更具同理心的方式，让他知道你是站在他的立场思考的。比如：“我知道你最近接了很多项目，非常忙碌，也确实需要有个人帮忙设计海报。”或者简单一句：“我明白你的意思。”接下来再接一句表转折的“但是”来拒绝，就变得顺畅多了！

第三步：坚定地说出自己的不便。

你可以坦诚地告知对方近期手上需要优先处理的事情，

如实地说出你的困难，但切记，不要带着抱怨的语气哟！例如："我最近手上有三个项目在忙，而且家人身体不好，需要照顾，没办法再像以前那样加班了。"这个时候，大部分的人都会知道，你真的没空儿帮忙了。

第四步：提供替代解决方案。

最后一步，也是让这个对话能够比较圆满结束的步骤是"提供其他意见"。比如："你可以问问公司里其他的设计师"或者"我可以帮你问问我认识的设计师"。若是比较简单的问题，你也可以建议对方："你可以上网搜搜看，有几款免费工具，应该可以解决你现在的困难哟！"

这一步，可以使对方感觉到你对他的关心——你是真的想帮忙，只不过力不从心。

总而言之，先停顿，再表示理解对方的处境，接着说出自己的困难，然后提供替代解决方案。这样，你就可以在不失礼貌的前提下拒绝，也让对方理解你无法帮忙的难处。

也许，刚学着开口拒绝，我们都会非常紧张。但可以试着每次开口前提醒自己为什么要拒绝对方——学会拒绝，才能把精力放在更关键的事情上。

有本叫《努力了多久才可以喊累》的书，里面有这样一句话："你体谅别人的为难，只好为难自己。"我们答应了他人过多的要求，不仅仅会耗费自己的心力，还会占用你与你所珍惜的人相处的时间。

为了自己所珍视的人和物，勇敢地跨出这一步吧！同时记得，不要为一次两次的失败而气馁，高明而委婉的拒绝是可以练习的！

面对权威没底气，该怎么办

面对权威或比自己级别高的人，你会感到没有底气吗？

前几天，有一位朋友留言，说自己很苦恼这一点，从小时候被老师叫去谈话，到工作后和领导打交道，不管是为自己争取资源，谈升职加薪，还是递交辞职信……他都感到自己很怯懦，明明做了很多心理准备，真正谈的时候，就没了底气，很容易被对方说动，收回自己的想法，他觉得自己很没用……

对这个问题，首先我想说，不要认为是自己“怯懦”和“没用”。面对权威时，我们都容易缺乏一些信心，一些底气，因为我们潜意识里会觉得自己不如对方。这是人之常情，或者近乎本能的心理状态。

尤其是从小比较听话、比较乖的小孩，长大后容易有这样的心态。我自己就有一点儿，我从小比较怕老师，到了美国后，念的又是教会小学，学校里的修女和神父都衣着正式，看起来非常严肃，你忍不住就会心生敬畏，甚至有点害怕。

所以，先不要自怨自艾，这是一种正常的心理状态。那么，要如何解决这个问题，坦然地和地位较高的人讲话呢？

有个比较有效的方法，就是你提醒自己：其实这些人，无论社会地位多高，看起来多么老练，多么有经验，也曾经都是新人，是个菜鸟。在他们刚入行的时候，说不定也像你现在这样，要抬头看那些高高在上的权威，不敢发言。

当你从这个角度去看对方，并在心里维持这种心态，再和对方讲话的时候，你就会多一些坦然和自信，也比较不怕出错。说不定有意无意间，对方还会从你身上看到他们年轻时的样子，会多出一些呵护心和同理心，使你也能找到更多和对方沟通的空间。

另外记住一点，不用刻意去表现自己，自然就好。有的人会觉得在领导、权威面前，自己装出很厉害的样子，很积极地与之互动，甚至打断对方的讲话来表达自己的观点，会显得自己很优秀，给对方留下深刻印象。但其实这是要尽量避免的行为，因为你很容易就会被对方“看穿”，让双方对话的氛围也变得尴尬。所以就让对方把话说完，再根据他说的话做出反应，你自己也正常地表达看法，让双方的对话有一个自然发生的空间。

这个过程中，你当然会有压力，会紧张，但这些都是比较正常的。你要注意的是，不要因为紧张而下意识地做一些小动作，比如抖腿、啃手指，或者频繁看手机。倒不是怕让对方觉得你软弱，而是你紧张，可能也会让对方感觉紧张，产生“镜像效应”①。

所以，你就大大方方地站直，坐直。我在《助你好运》一书里也讲过，良好的身体姿势能够带来更融洽的观感，也就容易形成良好的互动关系。而想要更进一步去改变这种谈话的心理状态，还是要从自身的实力去改变，去积累更多的成绩、业绩，做更多大大小小的项目，和不同的人大量交流，让自己在实践中磨炼出良好的心态，变得更加自信和坚定。这是解决问题的根本之道。

那么在此之前，无论是面对权威还是大人物，你展现

① 在心理学中，由于别人对自己的态度犹如一面镜子，能照出自己的形象，并由此而形成自我概念，人们称这种现象为镜像效应。这一效应来源于库利的“镜中我”理论。

真实的状态就好。我相信比较有同理心的权威，就算是行业里让大家非常尊敬甚至望尘莫及的超级大咖，当他们面对年轻人时，你越稚嫩，越真实，他们越会照顾你的感受，耐心等待你的成长。

最后，讲一个真实的小故事。

美国演员约瑟夫·高登-莱维特[①]是童星出身，曾经有一次，他接到一部戏，导演是罗伯特·雷德福[②]，同时也是著名演员，拿过好几次奥斯卡奖。

在拍戏的时候，演员们都需要走位。就是地上会有许多标记，你要走到正确的位置，那里所有的灯光、镜头，都是设定好的，在那个地方来拍你是最恰当的。但因为他年纪小，又要背稿，又要表演，走位总是出错。你可以想想在 10 岁的年纪，在一个有 100 多人的片场，所有人因为你的错误，要等着你，看着你，你会是一种什么心情。

---

① 主演作品有《歪星撞地球》《黑暗骑士崛起》《盗梦空间》，自导演作品有《唐璜》。

② 凭借《虎豹小霸王》获得英国电影学院奖最佳男主角奖，《骗中骗》获得奥斯卡最佳男主角提名。主演的《走出非洲》囊括了 1986 年度七项奥斯卡大奖。导演处女作《普通人》荣获奥斯卡最佳导演奖，导演《幕后谎言》获得奥斯卡最佳导演提名。2017 年，获得威尼斯电影节终身成就奖。

摄影师就安慰他说："孩子，你走慢一点儿，仔细看地上的标记，好吗？"

他说好，但其实心里更紧张了。但就在开拍之前，导演走过来，在他耳边，用只有他能听见的声音，轻声和他说："我从来没有过第一次就走到标记。"

就这么一句话，他所有的紧张一下子都不见了。

我觉得这真是一句非常有智慧的话，说这句话的人也是一个真正值得尊敬的权威、长辈，他体谅年轻人的紧张和压力，用同理心来包容他们的不足，等待他们的成长。

当你经过不断的磨砺和收获，终有一天也成为别人眼中的权威、大咖时，希望你也能像面对曾经的自己一样，来对待眼前那个忐忑又慌张的年轻人。

高自信的灰色人

英文中有句话“Two heads are better than one”，意思就是两个脑袋出点子，两个脑袋想事情，总比一个脑袋要好。那三个脑袋、四个脑袋、五个脑袋呢？

有时候脑袋越多，人好像会变得越笨，尤其在做创意或复杂的决定的时候，往往一个人的创意更厉害。那如果是在一个意见不合的小组里面，大家要如何达成共识呢？最近我看了一个刚出炉的节目，是两位心理学者马里亚诺·西格曼（Mariano Sigman）和丹·阿里里（Dan Ariely）所做的一个实验。

他们在一个大型 TEDx 活动上，问了将近一万名现场观众一些知识性问题。例如埃菲尔铁塔有多高，不准查网络，只根据自己的理性思考猜一个答案。每个人写下自己的答案之后，他们再把人分成小组，五个人一组，让他们给出一个具有共识的答案。

他们发现，当人分成小组的时候，汇总出来的共识答案，比一个人的答案更准确。他们也发现，当变成一组人的时候，会自然进入一种决定模式。例如五个人，一个人说 250 米，另外一个人说 300 米，还有人说 350 米、400 米，还有一个是 50 米。显然 50 米跟其他的差太多了，而且不太合理，这个小组就会自然地把它先剔除掉，然后把剩下的答案再做一个统合，大部分时候是直接去取平均数。这个平均的答案就是离正确答案比较近的。这题的正确答案是 324 米。

但是当碰到模棱两可、涉及道德、比较复杂的问题的时候，小组讨论就会有比较大的困难。这两位学者也给了几个虚拟的情境，举例来说其中一个：

一个科学家发明了一台非常厉害的人工智能电脑，其程序会让它每一天都处于思考状态。到了晚上，他会把电脑关机，第二天再重来。

有一天，这个电脑跟发明者说："我已经想通了很多事情，麻烦你不要把我关掉。因为你每次关掉我，第二天我还要重新再来。我现在已经想了这么多，请让我继续想下去，你把我关掉，我会害怕。"这个发明者后来还是选择把电脑关掉。你觉得他做的事情是对还是错？

碰到这样的问题就有意思了。有些人可能觉得非常对，有些人觉得非常错。任何一个小组里面都会有几个持不同意见的人，这时候要怎么达成共识呢？

研究者让这些小组自己内部辩论、沟通了一段时间，然后他们发现一个小组是否能够达成共识，取决于这个小组里面是否有一种很特别的人。这种人是怎么样定义的？

我们说持极端意见的人，通常对于自己的立场会非常肯定。还有一部分是处于中间状态的，也就是在灰色地带。这部分有的是没有搞清楚自己观点的人，有的人虽然自己的立场是在灰色地带，但他们非常相信，也很明白所有的事情都有对错两种观点，而且这两种观点都很有价值。

他们称这种人为“高自信的灰色人”（highly confident grays）。他们发现：凡是一个小组里面有这种人，就更容易在复杂的或者涉及道德的问题上达成共识。但是，这两位学者说他们还不知道为什么，他们需要去做更多的研究。

不过，我觉得有这样“高自信的灰色人”更容易达成共识，是因为他们在小组里会承担几种非常重要的沟通功能。我在这里提出三个假设，也是三个我认为非常重要的沟通技巧和沟通观念，它们或许能帮你在小组讨论中成为

“高自信的灰色人”。

第一个假设是，正是因为“高自信的灰色人”觉得两边都有理，所以他们会很希望听两边都完整地发表自己的意见。他们会坚持说，等一下，请让这个人说完他的意见。因此有足够的时间可以让两边都发表意见，让小组所有的人都可以听完这些观点。

这样的效果是让双方都觉得比较舒服，受到尊重，也可以帮助大家完整地消化双方比较极端的观点，从而利于达成一个共识。

第二个假设就是虽然大家没有持极端立场，不过都对这个题目非常感兴趣，想要知道更多的时候，很容易把话题扯远了，这时应该有人把它拉回来，对不对？

这也是一个很重要的沟通技巧。小组讨论，往往到最后会做出愚蠢的决定，是因为讨论已经答非所问，大家已经不晓得扯到哪里去了。在这种时候，一个“高自信的灰色人”就会说：“等一下，我们还是尽量锁定一个讨论范围，好不好？”所以如何把小组讨论的焦点持续地锁在真正需要回答的问题上，也是一个很重要的技巧。

第三个假设是，我认为“高自信的灰色人”往往是最好的主持人，因为“高自信的灰色人”认为事情从两面讲都是很有道理的。所以当双方已经对立，没有办法和解的时候，我们起码可以去寻找共识，个别人有自己的论点可以个别表述，但在更高的层面上找到一些共同点也是可行的。

举例来说，讲到死刑的合理化。有些人觉得当然要判人死刑，但有些人会觉得社会不能决定一个人是否应该生或死，在这样的一个分歧点上，两边可能真的很难达成共识。

但这时候，或许一个站在中间的人会说，我们起码还有一个共同点：假设今天有一个方法，可以让一个犯罪的人百分之百地改变，成为一个全新的人，那么，你会不会觉得这个方法会比死刑更好？如果大家都同意这是对的，那么小组就很容易在一个更高的层面上达成共识。是的，对于死刑这样一个话题，个别人会有不同的观念、不同的立场，但起码我们有一个立场在更高层面上是相同的。

其实，我们往往会发现，那些最厉害最资深的谈判高手，或是那些游走在外交场合的外交官员，他们通常都会有这些特质。他们有自己的立场，但他们也看过很多，知道世界是复杂的，很多东西不是非黑即白，非白即黑，或许是在一个灰色的地带里，但大家必须要在灰色地带里也很有自信，也能够接受彼此的观念。所以，他们在谈判中会坚持今天我所分享的三点：

1. 坚持创造空间，让双方都能充分表达立场；
2. 锁住焦点，不让辩论离题或成为人身攻击；
3. 理解双方或许无法达成共识，但可以寻找一个大家能够接受的共同台阶。

有些人说谈判能力是一种天赋，不过我觉得它也是一套技巧。今天我分享的这三点是达成共识不可缺少的观念或技巧，下次如果你发现自己也在这样一个小组中，希望你可以当个最好的“高自信的灰色人”。

职场应对提问的话术

前不久，朋友和我说了一件他最为苦恼的事：公司要进行人事调动，本来他升职有望，甚至十拿九稳，却每每在开例会的时候出问题。“公司有业务要做整改，一些措施和方向也跟着变化。其实我也有自己的想法，但每次大领导问到我时，我的大脑都瞬间空白。站起来面对那么多双眼睛时，我就更乱了！就算知道领导问的是什么，也什么都说不出来，好不容易挤出一两句，也是结结巴巴，坐下的时候，脸都是烫的。”

说到这儿，朋友非常苦恼：“现在是关键时刻，在领导面前每次都这样，印象分要归零了！”

虽说不是每个人都处在这样的“关键时刻”，但确实不少朋友和我说过类似问题：开会时突然被问自己的意见时，很多人都会一下子紧张起来，不知道如何是好；就算准备了讲稿，也是扭扭捏捏，不够大方，好像自己是在盗用别人的意见。在这种需要公开发言的场合，要怎么才能做到不怯场、不焦虑呢？

首先，你要先知道问题出现的原因：是什么导致你焦虑紧张？

第一，这种被点名的情况往往是随机发生的，你事先没有准备，大脑和情绪都没有提前做好缓冲，因此会出现大脑短暂空白，不知道接下来讲什么的现象，这种“说不出来”的窘状会导致你尴尬和焦虑。

第二，当你站起时，很多双眼睛会盯着你，其中还有你的领导，这当然会给你造成很多压力。而你也希望自己有出色的表现，赢得赞赏，于是这又给你加了一层压力。双重压力下，就更容易焦虑了。

知道问题所在，也就知道要如何反向操作来解决问题了。我有三个建议：

首先，为自己争取思考时间。针对临时被指定发言这种状况，你可以先准备好一两个万用话术，把它们背到滚瓜烂熟，熟到几乎像是膝跳反射一样，一点到你就可以不假思索地作为开场白。像我有个朋友的开场白就是：“对于这件事情，我不敢说我是专家、权威，但从我的立场来看，我觉得……”

每次被点名，他几乎都会这么回答，虽然看上去有点“套路”，但这样的开场白，正好可以让他的大脑先度过一开始的不知所措，让他有十几秒的时间，可以思考要怎么回答。你也可以这样做，先准备一个自己的“万能开场锦囊”。

其次，提前做好准备。每次遇到可能会点名的场合，提前想一想在这样的场合下，对方会提出什么问题，哪些是需要你来发言的。

例如，遇到营销讨论会，讨论市面上最近的刷屏广告，而你正是营销组里专门负责视觉设计的，那你被点名的概率就非常高。所以想要避免无话可说的窘况，你就得提前做一些功课，准备一些发言素材和自己的观点，以备不时之需。哪怕没有被点到，这些提前做好的功课，也可以在时机合适时主动说出来，让大家眼前一亮。

第三，要谨记“最好的分享是从你自己的经验出发”。把要回答的问题和自己的经验结合起来，就不太会有挖空心思而不得的感觉，讲话也会更自在，更自然。比如，领导问你：关于上半年以来的广告投放效果不佳这个问题，你怎么看？

你可以这么回答："关于这个问题，因为我不是具体负责投放工作的，所以不太清楚目前市场上的情况，但是……"先为自己争取一点儿时间，接下来就可以说自己的经验：

"从我个人的经验来说，我们这代年轻人看电视普遍少了，上下班路上刷刷微博，看看抖音，打打游戏，就算有广告，也因为买了会员会直接跳过去。我还有一些朋友家里连电视都没有，装个投影仪直接连接网络，所以这可能是影响广告效果的原因，或许我们可以考虑在一些社交媒体上投放广告。"

这样说，不仅有具体的场景，也给了大家一些鲜活的案例，让人感到这里面有不同的角度，体现出你认真地思考过了，当然对眼前的问题也有参考价值。

下一次，不妨试一试我这几点建议，看看你的表现会不会更让人惊喜。不过就算没有很快见到成效，也不要灰心，罗马不是一天建成的，当众发言的能力也不是练习一两次就能出师的，记得时刻提醒自己：不要怕，练习练习再练习。相信你可以在日后的发言中更加出色，不会错过属于自己的每个机会！

你的同事是个自恋狂吗？

你跟自恋狂交往过吗？这实在是一个很痛苦的过程吧！跟自恋狂一起工作，更是痛苦。身为一个职员，碰到了自恋狂的主管，你就得忍受无限长又没有意义的会议，听他一直在讲自己。或是什么事情都必须按着他的想法做，自己的功劳永远都是他的功劳。

而你要管理一个自恋狂员工时，那也一样难受。身为一个主管，根据直觉，你可能会不自觉地想要监督自恋狂的工作表现，比如说哪里没做好、没做到，哪里应该做得更好，对一般的员工，这样可能没问题，但对于自恋狂的员工，可能这没什么效果，甚至他反而可能把你的监督当作针对他个人的批评，而这样会造成更大的问题。因为自恋者最擅长的一件事就是保护自己，不惜牺牲别人，甚至不惜乱说话，编织谎言。总而言之，全世界都有错，但自恋狂永远没有错。

自恋者有什么特征呢？以下六个是平常不难观察到的特点：

这种人聊天时，话题大多围绕在他自己身上；爱要求特权；他们竭尽所能地展现自己；他们借由贬低别人来提升自己；他们脑中充满了一堆幻想；他们认为别人的付出都是理所当然的。

你看，这样的人，到了工作环境中，真的会是麻烦的角色啊！而且更麻烦的是，如果再加上这种人很聪明，很懂得玩权力游戏，说不定很快还会变成你的主管，甚至老板呢！

这里，我分享几个应对自恋者的小技巧。

首先，你要先知道自恋者的许多行为，是源于没有“安全感”，所以在跟自恋者沟通的时候，他们越是强势和自大，你反而越需要多花一些时间，多给他们一些同理心，表示你“理解”并且“肯定”他们。你需要多说一些开场白，如：“我们很幸运能有你，其他人可能很难看到你这方面的才能，但我看到了。”你需要先肯定他们，让他们放下心理防备，他们才会比较有配合的意愿。

你不用担心他们会把你的这种行为视为软弱或好欺负，

或是你妥协了，他们就会随意主导你。你自己知道自己的底线在哪里。当你用笑容来引导，用善解人意的方式来警告的时候，其实自恋者也是有自知之明的，你不说破，他们也会懂得尊重你。

不过，如果你发现这种人心术不正，没有善良的本质的话，那还是劝你，找一个能够优雅脱身的机会，另谋高就吧！

职场的消极攻击性行为

在工作上，我们往往会遇到各种困难、各种委屈。如果只是因为工作量太大，或是你处理的案子太有挑战性了，那其实咬着牙撑一下，通常都能够撑过去。但如果遇到人际关系问题，就比较难处理了，尤其是我们跟同事还有老板之间的关系。如果你跟同事、老板之间的沟通出了问题，你能力再好，或者再擅长你的工作，都会经历一个相当痛苦的时期。而最可怕的情形是，那些同事或老板不会跟你当面生气，也不会当面指出你哪里不好，但却会用消极攻击性行为去对待你。比如说，当你某一件事情做得不好的时候，他们就会讽刺你说："哎呀，怎么会……好好的事情……好吧，算了！我来吧！"或者他们会用激将法来勒索你的情绪："没关系，你可以不接这个案子，我完全尊重你的决定。但是年底考核要到了，这个案子很重要，当然，你可以选择不接！”

当碰到这样的情形，你会有什么感觉呢？

往往是哑巴吃黄连——有苦难说。消极攻击性的行为最糟糕的一点是，它并没有完全越过那条线，演变成正面冲突。也因为没有正面冲突，于是当你被消极性攻击的时候，你也不能直接用攻击性的回复。而且后续也常常可能引起另一个消极性攻击行为，也就是你也会开始不合作，而这样消极来消极去的情况，通常只会愈演愈烈，不会好转。

山不转，你的老板和同事也大概不会改，所以你必须选择路转，也就是试图去改变你的沟通方法。你可能会心理不平衡，想说：“为什么我要对他们这种不成熟的行为妥协？”

不过我要告诉你，这不算是妥协，而是一种沟通技巧的练习。我分享三个要点，下次再碰到这样的情形时，你可以先“停”“看”“说”。

停：首先你在做出任何反应之前，先停一停，给自己三秒钟的时间，不要急着反应。有什么想法，也都先沉淀下来。

看：请看一下自己，看一下当下的情况，你的感觉怎么样？你觉得自己被情绪勒索了吗？你觉得自己被威胁了吗？我知道当下你心里一定很不舒服，但有可能是主管沟通技巧的问题，他不是威胁你，而是你对他来说真的很重要，而他也找不到可以信任的人去做这件事情。

最后一点，你要说——请你把你的感觉说出来。但说的时候，需要记住一件事，就是把对方放在“好的位置”，把他当作你的合作对象，是你的伙伴，而你们要共同去完成一件事情，解决一个问题。

在反应之前先停、看、说，说的时候，或许可以比较直接，但也可以讲究技巧。

例如：“主管，我知道这个项目非常重要，而你相信我的能力，所以希望把它交给我。不过我目前手上有 A、B、C 三个案子，如果我接下这个案子，会使得其他工作有所延宕，这应该也不是你希望看到的结果。或许我们可以讨论一下，看我可以怎么先专心处理这个案子，我一定会全力以赴的。”

这样的方法，起码可以让你把工作可能卡住的状况说出来，趁机跟老板有个沟通。或许你也可以说：“嗨，老板，在过去的几场会议当中，我发现您可能对我的工作表现有疑虑，您可能是开玩笑，也可能是无意，只是言谈之中我会觉得有些不舒服。我知道您大概没有这个意思，我不想把这件事一直放在心上，所以有关工作方面您有可以提醒我加强的地方吗？”

是的，就直说。但是你需要先把对方放在一个“他是跟你站在同一条线的”位子上，或许这就是一种沟通方式，而你也可以比较容易理解，说不定他真的就是这样！

的确，跟会消极性攻击的人沟通很困难，你需要多花一点儿时间。但沟通的方式与技巧，其实都是一样的，我们先释出“尊重”，把对方放在一个“好的位置”上，或许我们的沟通就会更顺利一点儿，而工作也会更开心。

别让差评挟持你的情绪

我有个朋友，是那种有百万粉丝，直播随时都会有万人收看的职业“网红”，某天，他突然问我：“别人在网上骂你的时候，你会怎么办？”

这位朋友说，他觉得自己很奇怪，平常获得一百个好评，都不会特别开心，但只要看到一个差评，就会一晚睡不好觉，有时候一整个星期都会心情不佳。

我原本以为他什么酸民山怪都见过，没想到还会那么在意。但想想，其实我也是。每当有人上我的网络主页写差评时，我也会相当愤懑，冲动之下，会很想跟他们笔战。

有一次，我分享了一些积极心理学研究出来的 EQ（情商）技巧，上传没多久，就有人在留言区写：“外国人。”无论他觉得我引述的是外国人的理论，还是认为我曾经在国外就学，就是个外国人，这两种假设都跟我的建议没有任何关系。碰到这种没什么解释，却又相当主观的留言，我实在很想跟对方争辩。

但，当开始一头热地写回复时，我心里面又觉得很不公平：为什么这样的一个人，用三个字，就可以挟持我的情绪，耗掉我一小时的光阴，还影响了我一整天的工作效率？值得吗？一点儿都不。真正值得的，是那些看了我的文章，因此获得共鸣或是应用在自己生活上有了新的感触，来留言跟我分享心得和经验的网友——这些才是真正值得交流的对象啊！不是因为这些读者肯定了我的观点，而是因为他们的留言和反馈对整个讨论是有建设性的。进一步，如果有人很理智地提出了不同的意见，即便反驳了我的观点，那也是有价值的，因为大家可以在理性的辩论和推敲之中，有机会让自己的想法变得更成熟，也更多元。

但在众多留言之中，偏偏就有人可以用几个字把你搞火！为什么呢？

心理学家说，人类都有所谓的“消极偏见”（negativity bias）。意思就是，我们对负面的讯息都会比较敏感，对正面的讯息就很容易习以为常。所以一百个好评虽然让你开心，但只要一个差评出现，就能把那一百个好评给你的好感一笔勾销，这就是我们对于负面讯息不成正比的敏感度。

学者认为，消极偏见是一种从我们的祖先遗传下来的生存特质。负面讯息等于危险，而能够比别人更早注意到危险，是求生的基本条件。你想，哪个猿人能比较快地看到草丛里面有不寻常的动静，拔腿就跑，那个猿人就能活下来。他旁边比较乐天的朋友，结果就可能变成老虎的午餐了。敏感的基因存活了下来，传宗接代，一路传到我们这里，所以我们还保有对负面讯息特别敏感的体质。而这，就是我们消极偏见的来源。

要如何摆脱消极偏见呢？对不起，无法。这是本能，就像我们对红色的识别速度比绿色更快一样，是属于大脑的硬件特质。但我们可以从行为方面来调整，修改这个特质所引发的负面效应。

对我来说，自从认识了自己的消极偏见后，我也就接受了这一点。于是我不再一大早看社交网络，因为我知道，自己如果看到负面留言就想处理，即使不处理也会在心里留个疙瘩，而影响一整天的情绪，那又何必在最宝贵的清早做这件事呢？同样，我也尽可能不在睡觉前看留言，以免影响睡眠质量。睡得好，才能脾气好，也才能有精神和心情妥善处理危机。我给自己的提醒是："留言板再精彩，也不比睡眠重要。"

面对差评，我们应该把精神和时间留给那些值得的人，那些能够让你的思想和语言更成熟的人，不要让自己降到酸民山怪的精神层级。如果你实在受不了，被差评影响太大的话，那就请个助理，先帮你把那些无理取闹、纯粹为了攻击而攻击的讯息过滤掉，筛选出值得你回复的留言。通常，他们即使跟你意见不同，但是带着善意来交流辩论，而不只是来泄私愤的。

未来，大部分人会更频繁地在网络上分享自己的生活，也会更快速地获得各种实时反馈。你不一定是网红，但也可能会碰到山怪。只要在公开的社交网络世界分享，任何一个人都有可能碰到不理智的言语攻击和差评。

这时候，要认识到自己的消极偏见，不要因为一个差评而影响了其他九十九个好评所给你的肯定。不要被自己的本能牵着跑，把别人的不礼貌内化成心里的大风暴。外面有无数个酸民，但你只有一个。所以，你更要把精力留给那些愿意沟通、值得交流的朋友。只有这样，我们才能专心生活，重获效率，实现自己该有的价值。